电工技术与电子技术基础
实验教程

章小宝　朱海宽　夏小勤　编　著

清华大学出版社

北　京

内 容 简 介

本书是《电工技术与电子技术基础》的配套实验教程，共分为三篇， 26 个实验。第一篇为电路与电工技术实验，包括戴维南定理和诺顿定理、最大功率传输条件的测定、单相交流电路和三相交流电路电压电流的测量、RC 一阶电路的响应测试、RLC 串联谐振电路的研究、RC 选频网络特性测试、继电接触控制电路。第二篇为模拟电路实验，包括常用电子仪器使用、二极管整流滤波及硅稳压管并联稳压、晶体管共射极单管放大电路、负反馈放大电路、差动放大电路、集成运算放大器的线性应用—模拟运算放大电路、集成运算放大器的非线性应用—电压比较器、RC 正弦波振荡器、OTL低频功率放大器、直流稳压电源—集成稳压器。第三篇为数字电子技术实验，包括组合逻辑电路的设计与测试、译码器及其应用、数据选择器及其应用、触发器及其应用、计数器及其应用、移位寄存器及其应用、555 时基电路及其应用、智力竞赛抢答装置。

本书实验丰富，结构清晰，步骤详细，可作为高等工科院校电子信息、通信、自动化、机电一体化、计算机应用等电气、电子类的实验教材，也可供从事电工、电子技术的工程技术人员参考。

图书在版编目(CIP)数据

电工技术与电子技术基础实验教程 / 章小宝，朱海宽，夏小勤　编著. —北京：清华大学出版社，2011.4
ISBN 978-7-302-25199-6

Ⅰ. ①电…　Ⅱ. ①章…　②朱…　③夏…　Ⅲ. ①电工技术—实验—高等学校—教材　②电子技术—实验—高等学校—教材
Ⅳ. ①TM-33　②TN-33

中国版本图书馆 CIP 数据核字(2011)第 050891 号

责任编辑：刘金喜
封面设计：卢肖卓
版式设计：孔祥丰
责任校对：胡花蕾
责任印制：王秀菊

出版发行：清华大学出版社　　　　　　　　　地　　　址：北京清华大学学研大厦 A 座
　　　　　http://www.tup.com.cn　　　　　邮　　　编：100084
　　　　　社　总　机：010-62770175　　　邮　　　购：010-62786544
　　　　　投稿与读者服务：010-62776969，c-service@tup.tsinghua.edu.cn
　　　　　质　量　反　馈：010-62772015，zhiliang@tup.tsinghua.edu.cn

印　装　者：北京密云胶印厂
经　　　销：全国新华书店
开　　　本：195×260　印　张：7.75　字　数：217 千字
版　　　次：2011 年 4 月第 1 版　　　印　　　次：2011 年 4 月第 1 次印刷
印　　　数：1～5000
定　　　价：20.00 元

产品编号：041332-01

前　　言

本书是《电工技术与电子技术基础》的配套实验教程，实验的目的不仅是要帮助学生巩固和加深理解所学的理论知识，更重要的是训练学生的实验技能，树立工程实际观点和严谨的科学作风，培养学生的动手能力和创新能力。

编者汇集了多年来的实验教学成果和经验，充分考虑到教师指导实验的难点以及学生在做实验的过程中可能遇到的困难和问题编写完成此书。

本书实验内容分为电路实验、数字电子技术实验和模拟电子技术实验三个部分，实验内容完善、充实，增加了一些反映新技术的内容，并对学生实验技能提出了具体要求。每个实验的相关理论都尽量使用精炼的语言阐述清楚。在数字电子技术实验部分还引入了 Multisim 电路仿真软件，对其中的 8 个实验项目进行了仿真设计，为学生更好地学习和掌握实验理论知识提供了一种新的方法与思路。

本书由南昌大学科技学院符磊教授、王久华教授担任主审，并得到了南昌大学科技学院王港元教授、高水香老师和王殿仲老师的帮助，在此表示感谢。

由于编者水平有限，加之编写时间仓促，书中疏漏和错误之处在所难免，敬请广大读者批评指正。

编　者

2010 年 12 月

目 录

第1章 电路与电工技术实验

实验一 戴维南定理

【实验目的】

(1) 验证戴维南定理，加深理解其原理。

(2) 掌握有源二端网络戴维南等效电路参数的测量方法。

【相关理论】

1. 戴维南定理

任何一个线性含源网络，如果仅研究其中任何一条支路的电压和电流，则可将电路的其余部分看作是一个有源二端网络(或称为含源一端口网络)。

戴维南定理指出：一个有源二端网络，对外电路来说，可以用一个恒压源和内阻的串联组合，即电压源等效置换。其恒压源的电压等于二端网络的开路电压，内阻等于二端网络的全部电源置零后的输入电阻。这种等效变换仅对外电路等效。

有源二端网络的等效参数主要有 $U_{oc}(U_s)$ 和 R_0。

2. 有源二端网络等效参数的测量方法

1) 开路电压、短路电流法测 R_0

在有源二端网络输出端开路时，用电压表直接测其输出端的开路电压 U_{oc}，然后再将其输出端短路，用电流表测其短路电流 I_{sc}，则等效内阻为

$$R_0 = \frac{U_{oc}}{I_{sc}}$$

如果二端网络的内阻很小，若将其输出端口短路，则易损坏其内部元件，因此不宜用此法。

2) 伏安法测 R_0

用电压表、电流表测出有源二端网络的外特性曲线，如图 1.1.1 所示。根据外特性曲线求出斜率 $\tan \phi$，则内阻为

$$R_0 = \tan \phi = \frac{\Delta U}{\Delta I} = \frac{U_{oc}}{I_{sc}} \text{。}$$

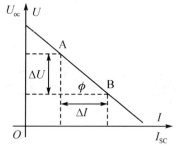

图 1.1.1　有源二端网络外特性线

也可以先测量开路电压 U_{oc}，再测量电流为额定值 I_N 时的输出端电压值 U_N，则内阻为

$$R_0 = \frac{U_{oc} - U_N}{I_{sc}}$$

3) 半电压法测 R_0

如图 1.1.2 所示，当负载电压为被测网络开路电压的一半时，负载电阻(由电阻箱的读数确定)即为被测有源二端网络的等效内阻值。

4) 零示法测 U_{OC}

在测量具有高内阻有源二端网络的开路电压时，用电压表直接测量会造成较大的误差。为了消除电压表内阻的影响，往往采用零示测量法，如图 1.1.3 所示。

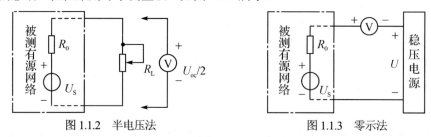

图 1.1.2　半电压法　　　　　　　　　　　　图 1.1.3　零示法

零示法测量原理是用一低内阻的稳压电源与被测有源二端网络进行比较，当稳压电源的输出电压与有源二端网络的开路电压相等时，电压表的读数将为"0"。然后将电路断开，测量此时稳压电源的输出电压，即为被测有源二端网络的开路电压。

【实验设备与器材】

序　　号	名　　称	型号与规格	数　　量	备　　注
1	可调直流稳压电源	0～30V	1	
2	可调直流恒流源	0～500mA	1	
3	直流数字电压表	0～200V	1	
4	直流数字毫安表	0～200mA	1	
5	万用表		1	
6	可调电阻箱	0～99999.9Ω	1	
7	电位器	1kΩ/2W	1	
8	戴维南定理实验电路板		1	

【实验内容与步骤】

被测有源二端网络如图 1.1.4(a)所示。

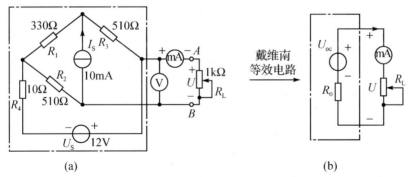

图 1.1.4　有源二端网络戴维南等效电路

1. 用开路电压、短路电流法测定戴维南等效

电路的 U_{oc}，R_0。按图 1.1.4(a)接入稳压电源 U_s=12V 和恒流源 I_s=10mA，不接入 R_L。测出 U_{oc} 和 I_{sc}，并计算出 R_0(测 U_{oc} 时，不接入毫安表)。

U_{oc}/V	I_{sc}/mA	$R_0= U_{oc}/I_{sc}$/Ω

2. 负载实验

按图 1.1.4(a)接入 R_L。改变 R_L 阻值，测量有源二端网络的外特性曲线。

U/V									
I/mA									

3. 验证戴维南定理

从电阻箱上取得按步骤 "1" 所得的等效电阻 R_0 之值，然后令其与直流稳压电源(调到步骤 1 时所测得的开路电压 U_{oc} 之值)相串联，如图 1.1.4(b)所示，仿照步骤 2 测其外特性，对戴维南定理进行验证。

U/V									
I/mA									

4. 有源二端网络等效电阻(又称入端电阻)的直接测量法

见图 1.1.4(a)所示，将被测有源网络内的所有独立源置零(去掉恒电流源 I_s 和恒压源 U_s，即在原恒压源 U_s 所接的两点用一根短路导线相连，并移去 I_s)，然后用伏安法或者直接用万用表的欧姆档去测定负载 R_L 开路时 A、B 两点间的电阻，此即为被测网络的等效内阻 R_0，或称网络的入端电阻 R_i。

5. 用半电压法和零示法测量被测网络的等效内阻 R_0 及其开路电压 U_{OC}

线路及数据表格自拟。

实验二　最大功率传输条件测定

【实验目的】

(1) 掌握负载获得最大传输功率的条件。

(2) 了解电源输出功率与效率的关系。

【相关理论】

1. 电源与负载功率的关系

图 1.2.1 可视为由一个电源向负载输送电能的模型，R_0 可视为电源内阻和传输线路电阻的总和，R_L 为可调负载电阻。负载 R_L 上消耗的功率 P 可由下式表示：

$$P = I^2 R_L = (\frac{U}{R_0 + R_L})^2 R_L$$

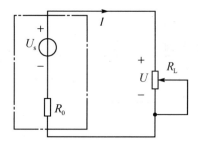

图 1.2.1　电源向负载输送电能的模型

当 R_L=0 或 R_L=∞时，电源输送给负载的功率均为零。而以不同的 R_L 值代入上式可求得不同的 P 值，其中必有一个 R_L 值，使负载能从电源处获得最大的功率。

2. 负载获得最大功率的条件

根据数学求最大值的方法，令负载功率表达式中的 R_L 为自变量，P 为应变量，并使 dP/dR_L=0，即可求得最大功率传输的条件为 $\frac{dP}{dR_L} = 0$，即

$$\frac{dP}{dR_L} = \frac{\left[(R_0 + R_L)^2 - 2R_L(R_L + R_0)\right]U^2}{(R_0 + R_L)^4}$$

令$(R_L + R_0)^2 - 2R_L(R_L + R_0) = 0$，解得$R_L = R_0$。

当满足$R_L = R_0$时，负载从电源获得的最大功率为

$$P_{max} = (\frac{U}{R_0 + R_L})^2 R_L = (\frac{U}{2R_L})^2 R_L = \frac{U^2}{4R_L}$$

这时，称此电路处于"匹配"工作状态。

3. 匹配电路的特点及应用

在电路处于"匹配"状态时，电源本身要消耗一半的功率。此时电源的效率只有50%。显然，这对电力系统的能量传输过程是绝对不允许的。发电机的内阻是很小的，电路传输的最主要指标是要高效率送电，最好是 100%的功率均传送给负载。为此负载电阻应远大于电源的内阻，即不允许运行在匹配状态。

而在电子技术领域里却完全不同，如在任何一个微波功率放大器设计中，错误的阻抗匹配将使电路不稳定，同时会使电路效率降低和非线性失真加大。在设计功率放大器匹配电路时，匹配电路应同时满足匹配、谐波衰减、带宽、小驻波、线性及实际尺寸等多项要求。当有源器件一旦确定后，可以被选用的匹配电路是相当多的，企图把可能采用的匹配电路列成完整的设计表格几乎是不现实的。设计单级功率放大器主要是设计输入匹配电路和输出匹配电路，设计两级功率放大器除了要设计输入匹配电路和输出匹配电路外，还需要设计级间匹配电路。

一般的信号源本身功率较小，且都有较大的内阻。而负载电阻(如扬声器等)往往是较小的定值，且希望能从电源获得最大的功率输出，而电源的效率往往不予考虑。通常设法改变负载电阻，或者在信号源与负载之间加阻抗变换器(如音频功放的输出级与扬声器之间的输出变压器)，使电路处于工作匹配状态，以使负载能获得最大的输出功率。

【实验设备与器材】

序　号	名　　　称	型号规格	数　量	备　注
1	直流电流表	0～200mA	1	
2	直流电压表	0～200V	1	
3	直流稳压电源	0～30V	1	
4	实验线路		1	
5	元件箱		1	

【实验内容与步骤】

1. 组接实验电路

按图 1.2.2 接线，负载R_L取自元件箱内的电阻箱。

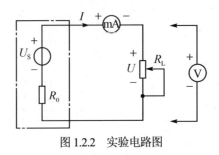

图 1.2.2　实验电路图

2. 按表 1.2.1 所列内容进行测量

令 R_L 在 0~1kΩ 范围内变化时，分别测出 U_L、I 及 P_L 的值，表中 U_L、P_L 分别为 R_L 二端的电压和功率，I 为电路的电流。在 P_L 最大值附近应多测几点。

表 1.2.1　U_L、I、P_L 测量值

单位：$R—\Omega$，$U—V$，$I—mA$，$P—W$

U_S=6V R_0=51Ω	R_L									1kΩ	∞
	U_L										
	I										
	P_L										
U_S=12V R_0=200Ω	R_L									1kΩ	∞
	U_L										
	I										
	P_L										

实验三　单相交流电路

【实验目的】

(1) 明确交流电路中电压、电流和功率之间的关系。

(2) 了解并联电容器提高感性交流电路功率因数的原理及电路现象，学习功率表的使用方法。

(3) 了解荧光灯工作原理和接线。

【相关理论】

电力系统中的负载大部分是感性负载，其功率因数较低，为提高电源的利用率和减少供电线路的损耗，往往采用在感性负载两端并联电容器的方法，来进行无功补偿，以提高线路的功率因数。荧光灯电路为感性负载，其功率因数一般为 0.3~0.4，在本实验中，利用荧光灯电路来模拟实际的感性负载观察交流电路的各种现象。

1. 荧光灯的工作原理

如图 1.3.1 所示，荧光灯电路由灯管、镇流器和启辉器三部分组成。

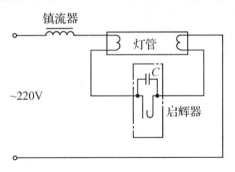

图 1.3.1　荧光灯电路

(1) 灯管：荧光灯管是一根玻璃管，它的内壁均匀地涂有一层薄薄的荧光粉，灯管两端各有一个电极和一根灯丝。灯丝由钨丝制成，其作用是发射电子。电极是两根镍丝，焊在灯丝上，与灯丝具有相同的电位，其主要作用是当它具有正电位时吸收部分电子，以减少电子对灯丝的撞击。此外，它还具有帮助灯管点燃的作用。

灯管内还充有惰性气体(如氮气)与汞蒸汽。由于有汞蒸汽，当管内产生辉光放电时，就会放射紫外线。这些紫外线照射到荧光粉上就会发出可见光。

(2) 镇流器：它是绕在硅钢片铁心上的电感线圈，在电路上与灯管相串联。其作用为：在荧光灯启动时，产生足够的自感电势，使灯管内的气体放电；在荧光灯正常工作时，限制灯管电流。不同功率的灯管应配以相应的镇流器。

(3) 启辉器：辉光启动器简称启辉器。它是一个小型的辉光管，管内充有惰性气体，并装有两个电极：一个是固定电极，一个是倒 U 形的可动电极，如图 1.3.1 所示。两电极上都焊接有触点。倒 U 形可动电极由热膨胀系数不同的两种金属片制成。

点燃过程：荧光灯管、镇流器和启辉器的连接电路如图 1.3.1 所示。刚接通电源时，灯管内气体尚未放电，电源电压全部加在启辉器上，使它产生辉光放电并发热，倒 U 形的金属片受热膨胀，由于内层金属的热膨胀系数大，双金属片受热后趋于伸直，使金属片上的触点闭合，将电路接通。电流通过灯管两端的灯丝，灯丝受热后发射电子，而当启辉器的触点闭合后，两电极间的电压降为零，辉光放电停止，双金属片经冷却后恢复原来位置，两触点重新分开。为了避免启辉器断开时产生火花，将触点烧毁，通常在两电极间并联一只极小的电容器。

在双金属片冷却后触点断开瞬间，镇流器两端产生相当高的自感电势，这个自感电势与电源电压一起加到灯管两端，使灯管发生辉光放电，辉光放电所放射的紫外线照射到灯管的荧光粉上，就发出可见光。

灯管点亮后，较高的电压降落在镇流器上，灯管电压只有 100V 左右，这个较低的电压不足以使启辉器放电，因此，它的触点不能闭合。这时，荧光灯电路因有镇流器的存在形成一个功率因数很低的感性电路。

2. RL 串联电路的分析

荧光灯电路可以等效成如图 1.3.2 所示 R、r、L 串联的感性电路。其中，R 为荧光灯管的等效电阻，r 和 L 分别为镇流器铁心线圈的等效电阻和电感。以电流 $\dot{I}$ 为参考相量，则电路的电量与参数的关系为

$$\dot{U} = \dot{U}_r + \dot{U}_L + \dot{U}_R = \dot{I}(r + jX_L + R) = \dot{I} Z$$

$$Z = (r + R) + jX_L = \sqrt{(r+R)^2 + X_L{}^2} \angle \tan^{-1}\frac{X_L}{r+R}$$

$$P = UI\cos\varphi = S\cos\varphi$$

其相量图如图 1.3.3 所示。阻抗三角形，功率三角形与图 1.3.3 所示的电压三角形为相似三角形。

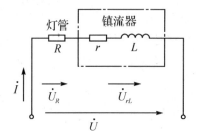

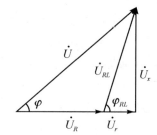

图 1.3.2　荧光灯等效电路　　　　　　　图 1.3.3　RL 串联电路的相量图

若用实验方法测得 U、U_R、U_{RL}、I、P，则可应用 RL 串联电路的分析方法，求取电路参数 R、r、L。

3. 功率因数的提高

如果负载功率因数低(例如荧光灯电路的功率因数为 0.3~0.4)，一是电源利用率不高，二是供电线路损耗加大，因此供电部门规定，当负载(或单位供电)的功率因数低于 0.85 时，必须对其进行改善和提高。

提高感性负载线路的功率因数，常用的方法是在感性负载两端并联电容器，其原理电路和提高功率因数原理的相量如图 1.3.4(a)、(b)所示。

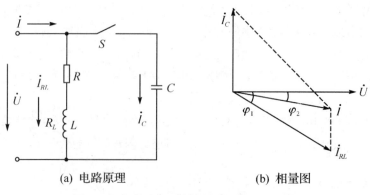

(a) 电路原理　　　　　　　　(b) 相量图

图 1.3.4　提高功率因数原理的电路图与相量图

由图 1.3.4(a)、(b)可知：并联电容器 C 后，不影响感性负载的正常工作，其参数和电量保持不变；电容器基本上不消耗有功功率，因此电路的有功功率 P 不变，但线路总电流 I 减小了，φ 也减小了，功率因数$\cos\varphi$提高了。

【实验仪器与器材】

序 号	名 称	型号与规格	数 量	备 注
1	交流电流表	T19—A	1	
2	交流电压表	D26—V	1	
3	功率表	D34—W	1	
4	单相交流实验板		1	

【实验内容与步骤】

实验电路如图 1.3.5 所示。

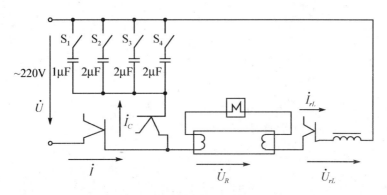

图 1.3.5　实验电路图

按图 1.3.5 正确接线后，接入 220V 交流电，进行以下实验。

1. RL 串联电路电量及参数的测量

令 C=0，即断开 S_1～S_4 开关，不接入提高功率因数的补偿电容器。待荧光灯点亮后，测量电源电压 U、灯管两端电压 U_R，镇流器两端电压 U_{rL} 和电路电流 I、I_{RL}，测量电路的总功率 P，并计算$\cos\varphi$。将测量值和计算值记入表 1.3.1。

表 1.3.1　电量及参数的测量值

U/V	U_R/V	U_{rL}/V	I/A	I_c/A	I_{RL}/A	P/W	$\cos\varphi$

由实验数据，计算荧光灯电路的等效参数 R、r、L。

2. 功率因数提高的测试

在上述实验基础上，接入提高功率因数的补偿电容器。选择性合上 S_1～S_4，逐渐增大电容值(如表

1.3.2 所示，由 1μF 逐次增大到 7μF)，分别测量总电流 I，电容支路电流 I_C，灯管支路电路 I_{RL}，总功率 P，并计算 $\cos\varphi$。将测量值和计算值填入表 1.3.2 中。观察上述电量的变化情况。

表 1.3.2　功率因数提高的测试值

$C/\mu F$	I/A	I_C/A	I_{RL}/A	P/W	$\cos\varphi$
1					
2					
3					
4					
5					
6					
7					

实验四　三相交流电路电压、电流的测量

【实验目的】

(1) 掌握三相负载作星形连接、三角形连接的方法。

(2) 验证三相对称负载在星形和三角形连接时的电量数值与相位的关系。

(3) 了解三相四线供电系统中中线的作用。

【相关理论】

(1) 三相电路的负载有两类：一类是对称的三相负载，如三相电动机；另一类是单相负载，如电灯、电炉、单相电动机等各种单相用电器。

(2) 三相负载可作星形(Y)连接，当三相对称负载作 Y 连接时，线电压 U_L 是相电压 U_p 的 $\sqrt{3}$ 倍，线电流 I_L 等于相电流 I_p，即 $U_L=\sqrt{3}U_p$，$I_L=I_p$。 在这种情况下，流过中线的电流 $I_0=0$，所以可以省去中线。另外一种接法是三角形(△)连接。当对称三相负载作△连接时，有 $I_L=\sqrt{3}\,I_p$，$U_L=U_p$。

(3) 不对称三相负载作 Y 连接时，必须采用三相四线制接法，即 Y_0 接法。而且中线必须牢固连接，以保证三相不对称负载的每相电压维持对称不变。

无中线时：中性点位移，三相负载电压不对称。

加中线时：中性点强制等电位，三相负载电压对称，但中线电流不为零。

(4) 当不对称负载作△接时，$I_L\neq\sqrt{3}\,I_p$，但只要电源的线电压 U_L 对称，加在三相负载上的相电压仍是对称的，等于电源线电压，对各相负载工作没有影响。三相负载相电流不对称，线电流也不对称。

【实验设备与器材】

序　号	名　　称	型号与规格	数　量	备　注
1	交流电压表	0～500V	1	
2	交流电流表	0～5A	1	
3	万用表		1	
4	三相自耦调压器		1	
5	三相灯组负载	220V，15W 白炽灯	9	
6	电门插座		3	

【实验内容与步骤】

1. 三相负载星形连接(三相四线制供电)

按图 1.4.1 所示线路组接实验电路，即三相灯组负载经三相自耦调压器接通三相对称电源。将三相调压器的旋柄置于输出为 0V 的位置(即逆时针旋到底)。经指导教师检查合格后，方可开启实验台电源，然后调节调压器的输出，使输出的三相线电压为 220V，并按下述内容完成各项实验：分别测量三相负载的线电压、相电压、线电流、相电流、中线电流、电源与负载中点间的电压；将所测得的数据记入表 1.4.1 中，并观察各相灯组亮暗的变化程度，特别要注意观察中线的作用。表 1.4.1 中，Y_0 接法指三相四线制有中线接法，即接通中线；Y 接法指无中线接法，即断开中线。

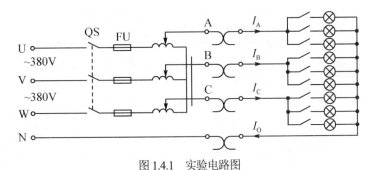

图 1.4.1　实验电路图

表 1.4.1　数据测量值

测量数据 实验内容 (负载情况)	开灯盏数			线电流/A			线电压/V			相电压/V			中线电流 I_0/A	中点电压 U_{N0}/V
	A相	B相	C相	I_A	I_B	I_C	U_{AB}	U_{BC}	U_{CA}	U_{A0}	U_{B0}	U_{C0}		
Y_0接对称负载	3	3	3											
Y接对称负载	3	3	3											
Y_0接不对称负载	1	2	3											
Y接不对称负载	1	2	3											

(续表)

测量数据 实验内容 (负载情况)	开灯盏数			线电流/A			线电压/V			相电压/V			中线电流 I_0 /A	中点电压 U_{N0} /V
	A 相	B 相	C 相	I_A	I_B	I_C	U_{AB}	U_{BC}	U_{CA}	U_{A0}	U_{B0}	U_{C0}		
Y_0 接 B 相断开	1		3											
Y 接 B 相断开	1		3											
Y 接 B 相短路	1		3											

2. 负载三角形连接(三相三线制供电)

按图 1.4.2 所示改接线路，经指导教师检查合格后接通三相电源，并调节调压器，使其输出线电压为 220V，并按表 1.4.2 的内容进行测试。

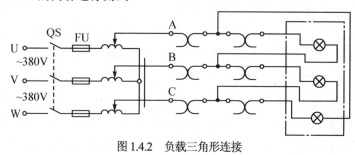

图 1.4.2　负载三角形连接

表 1.4.2　三角形连接测量值

测量数据 负载情况	开 灯 盏 数			线电压=相电压/V			线电流/A			相电流/A		
	A-B 相	B-C 相	C-A 相	U_{AB}	U_{BC}	U_{CA}	I_A	I_B	I_C	I_{AB}	I_{BC}	I_{CA}
三相平衡	3	3	3									
三相不平衡	1	2	3									

实验五　*RC* 一阶电路的响应测试

【实验目的】

(1) 学会使用示波器观测波形，并观察与测量微分电路和积分电路的响应。

(2) 学习一阶 *RC* 电路的零状态响应和零输入响应的测量方法。

(3) 学习一阶 *RC* 电路时间常数的测量方法。

(4) 掌握有关微分电路和积分电路的概念，了解 *RC* 电路的应用。

【相关理论】

(1) 动态网络的过渡过程是十分短暂的单次变化过程，要用普通示波器观察过渡过程和测量有关的参数，就必须使这种单次变化的过程重复出现。为此，可利用信号发生器输出的方波来模拟阶跃激励信号，即利用方波输出的上升沿作为零状态响应的正阶跃激励信号；利用方波的下降沿作为零输入响应的负阶跃激励信号。只要选择方波的重复周期远大于电路的时间常数 τ，那么电路在这样的方波序列脉冲信号的激励下，它的响应就和直流电接通与断开的过渡过程是基本相同的。

(2) 图 1.5.1(b)所示的 RC 一阶电路的零输入响应和零状态响应分别按指数规律衰减和增长，其变化的快慢决定于电路的时间常数 τ。

(3) 时间常数 τ 的测定方法：

用示波器测量零输入响应的波形如图 1.5.1(a)所示。

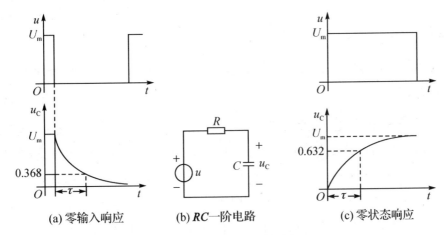

(a) 零输入响应　　　　(b) RC一阶电路　　　　(c) 零状态响应

图 1.5.1　时间常数 τ 的测定

根据一阶微分方程的求解得知 $u_c = U_m e^{-t/RC} = U_m e^{-t/\tau}$。当 $t = \tau$ 时，$u_c(\tau) = 0.368 U_m$。此时所对应的时间就等于 τ。亦可用零状态响应波形增加到 $0.632 U_m$ 所对应的时间测得，如图 1.5.1(c)所示。

(4) 微分电路和积分电路是 RC 一阶电路中较典型的电路，它对电路元件参数和输入信号的周期有着特定的要求。一个简单的 RC 串联电路，在方波序列脉冲的重复激励下，　当满足 $\tau = RC \ll T/2$ 时(T 为方波脉冲的重复周期)，且由 R 两端的电压作为响应输出，则该电路就是一个微分电路。因为此时电路的输出信号电压与输入信号电压的微分成正比。如图 1.5.2(a)所示。利用微分电路可以将方波转变成尖脉冲。

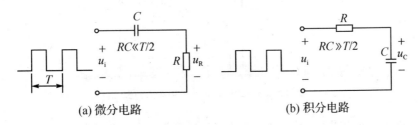

(a) 微分电路　　　　　　　　　(b) 积分电路

图 1.5.2　微分电路和积分电路

　　若将图 1.5.2(a)中的 R 与 C 位置调换一下，如图 1.5.2(b)所示，由 C 两端的电压作为响应输出，且当电路的参数满足 $\tau = RC \gg T/2$，则该 RC 电路称为积分电路。因为此时电路的输出信号电压与输入信号电压的积分成正比。利用积分电路可以将方波转变成三角波。

　　从输入输出波形来看，上述两个电路均起着波形变换的作用，请在实验过程仔细观察与记录。

【实验设备与器材】

序　号	名　　称	型号与规格	数　量	备　注
1	函数信号发生器		1	
2	双踪示波器		1	
3	动态电路实验板		1	DGJ—03

【实验内容与步骤】

　　实验线路板的元器件如图 1.5.3 所示，请认清 R、C 元件的布局及其标称值，各开关的通断位置等。

1. 组成实验电路

　　从电路板上选 $R = 10\text{k}\Omega$，$C = 6800\text{pF}$ 组成如图 1.5.1(b)所示的 RC 充放电电路。u_i 为脉冲信号发生器输出的 $U_m = 3\text{V}$，$f = 1\text{kHz}$ 的方波电压信号，并通过两根同轴电缆线，将激励源 u_i 和响应 u_C 的信号分别连至示波器的两个输入口 Y_A 和 Y_B。这时可在示波器的屏幕上观察到激励与响应的变化规律，请测算出时间常数 τ，并用方格纸按 1 : 1 的比例描绘波形。

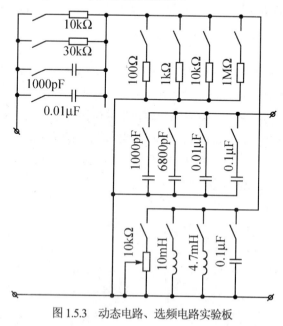

图 1.5.3　动态电路、选频电路实验板

　　少量地改变电容值或电阻值，定性地观察对响应的影响，记录观察到的现象。

2. 观察描绘波形

令 $R=10\text{k}\Omega$，$C=0.1\mu\text{F}$，观察并描绘响应的波形，继续增大 C 之值，定性地观察对响应的影响。

3. 组成微分电路

令 $C=0.01\mu\text{F}$，$R=100\Omega$，组成如图 1.5.2(a)所示的微分电路。在同样的方波激励信号($U_m=3\text{V}$，$f=1\text{kHz}$)作用下，观测并描绘激励与响应的波形。

增减 R 之值，定性地观察对响应的影响，并作记录。当 R 增至 $1\text{M}\Omega$ 时，输入输出波形有何本质上的区别？

实验六　*RLC* 串联谐振电路的研究

【实验目的】

(1) 学习用实验方法绘制 R、L、C 串联电路的幅频特性曲线。

(2) 加深理解电路发生谐振的条件、特点，掌握电路品质因数(电路 Q 值)的物理意义及其测定方法。

(3) 掌握根据谐振特点测量电路元件参数的方法。

【相关理论】

(1) 在 *RLC* 串联电路中，由于电源频率的不同，电感和电容所呈现的电抗也不相同。当：

$\omega L<1/\omega C$ 时，$U_L<U_c$，电路呈容性；$\omega L<1/\omega C$ 时，$U_L>U_c$，电路呈感性；$\omega L<1/\omega C$ 时，$U_L=U_c$，电路呈阻性。

(2) 在图 1.6.1 所示的 R、L、C 串联电路中，当正弦交流信号源的频率 f 改变时，电路中的感抗、容抗随之而变，电路中的电流也随 f 而变。取电阻 R 上的电压 u_o 作为响应，当输入电压 u_i 的幅值维持不变时，在不同频率的信号激励下，测出 U_o 之值，然后以 f 为横坐标，以 U_o/U_i 为纵坐标(因 U_i 不变，故也可直接以 U_o 为纵坐标)，绘出光滑的曲线，此即为幅频特性曲线，亦称谐振曲线，如图 1.6.2 所示。

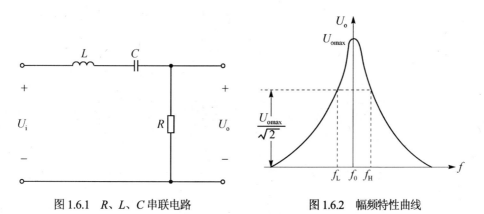

图 1.6.1　R、L、C 串联电路　　　　　图 1.6.2　幅频特性曲线

(3) 把 $\omega L = 1/\omega C$ 这一状态下的串联电路称为串联谐振电路或电压谐振电路。谐振频率为 $f = f_0 = \dfrac{1}{2\pi\sqrt{LC}}$，即幅频特性曲线尖峰所在的频率点称为谐振频率。串联谐振电路具有以下特点：① 电流与电压同相位，电路呈现电阻性；②阻抗最小，电流最大。因为谐振时，电抗 $X = 0$，故 $Z = R + \mathrm{j}X = R$，其值最小，电路中的电流 $I = U/R = I_0$ 为最大；③电感的端电压 U_L 与电容的端电压 U_C 大小相等，相位相反，相互补偿，外加电压与电阻上的电压相平衡，即 $\dot{U}_R = \dot{U}_i$；④电感或电容的端电压可能大大超过外加电压，产生过电压。电容或电感的端电压与外电压之比为

$$Q = \frac{U_L}{U} = \frac{X_L I}{RI} = \frac{X_L}{R} = \frac{\omega_0 L}{R},$$

式中 Q 称为电路的品质因数。Q 值越大，曲线越尖锐，电路的选频特性越好。

(4) 电路品质因数 Q 值的两种测量方法：

一是根据公式 $Q = \dfrac{U_L}{U_0} = \dfrac{U_C}{U_0}$ 测定，U_C 与 U_L 分别为谐振时电容器 C 和电感线圈 L 上的电压；另一方法是通过测量谐振曲线的通频带宽度 $\Delta f = f_2 - f_1$，再根据 $Q = \dfrac{f_0}{f_H - f_L}$ 求出 Q 值。

【实验设备与器材】

序　号	名　　称	型号与规格	数　量	备　注
1	函数信号发生器		1	
2	交流毫伏表	0～600V	1	
3	双踪示波器		1	
4	频率计		1	
5	谐振电路实验电路板	R_1=200Ω，R_2=1KΩ C_1=0.01μF，C_2=0.1μF L≈30mH		

【实验内容与步骤】

1. 按图 1.6.3 所示组成监视、测量电路

先选用 C_1、R_1。用交流毫伏表测电压，用示波器监视信号源输出。令信号源输出电压 $U_{iP\text{-}P}$=4V，并保持不变。

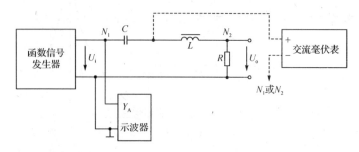

图 1.6.3　监视、测量电路

2. 测出电路的谐振频率 f_0

其方法是，将毫伏表接在 $R(200\Omega)$ 两端，令信号源的频率由小逐渐变大(注意要维持信号源的输出幅度不变)，当 U_0 的读数为最大时，读得频率计上的频率值即为电路的谐振频率 f_0，并测量 U_C 与 U_L 之值(注意及时更换毫伏表的量限)。

3. 测量并记录数据

在谐振点两侧，按频率递增或递减 500Hz 或 1kHz，依次各取八个测量点，逐点测出 U_O，U_L，U_C 之值，记入数据表格。

F/kHz													
U_O/V													
U_L/V													
U_C/V													

$U_{i,\text{P-P}}$=4V，　C_1=0.01μF，　R_1=200Ω，　f_0=　　　，　f_H-f_L=　　　，　Q=　　　。

4. 改变电阻值测量并记录数据

将电阻改为 R_2，重复步骤 2，3 的测量过程。

F/kHz													
U_O/V													
U_L/V													
U_C/V													

$U_{i,\text{P-P}}$=4V，　C_1=0.01μF，　R_2=1kΩ，　f_0=　　　，　f_H-f_L=　　　，　Q=　　　。

5. 改变电容值测量并记录数据

选 C_2=0.1μF，R 分别为选 200Ω、1kΩ，重复步骤 2、3 的测量过程。(自制表格)

实验七　RC串并联选频网络特性测试

【实验目的】

(1) 熟悉 RC 串并联选频网络电路的结构特点及其选频特性。
(2) 学会用交流毫伏表和示波器测定 RC 串并联选频网络电路的幅频特性和相频特性。

【相关理论】

RC 串并联选频网络电路是一个 RC 的串、并联电路，如图 1.7.1 所示。该电路结构简单，被广泛地用于低频正弦波振荡电路中作为选频环节，可以获得很高纯度的正弦波电压。

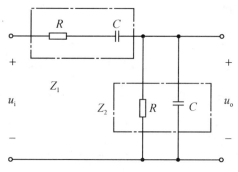

图 1.7.1　RC 串并联选频网络电路

(1) 用函数信号发生器的正弦输出信号作为图 1.7.1 所示电路的激励信号 u_i，并在保持 U_i 值不变的情况下，改变输入信号的频率 f，用交流毫伏表或示波器测出输出端相应于各个频率点下的输出电压 U_o 值，将这些数据画在以频率 f 为横轴，U_o/U_i 为纵轴的坐标纸上，用一条光滑的曲线连接这些点，该曲线就是上述电路的幅频特性曲线。

RC 串并联选频网络的一个特点是其输出电压幅度不仅会随输入信号的频率而变，而且还会出现一个与输入电压同相位的最大值，如图 1.7.2 所示。

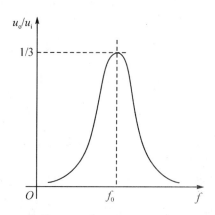

图 1.7.2　与输入电压同相位的最大值

由电路分析得知，该网络的传递函数为

$$\beta = \frac{1}{3 + j(\omega RC - 1/\omega RC)}$$

当角频率 $\omega = \omega_0 = 1/RC$ 时，$|\beta| = \dfrac{U_o}{U_i} = 1/3$，此时 u_o 与 u_i 同相。由图 1.7.2 可见 RC 串并联电路具有带通特性。

(2) 将上述电路的输入和输出分别接到双踪示波器的 Y_A 和 Y_B 两个输入端，改变输入正弦信号的频率，观测相应的输入和输出波形间的时延 τ 及信号的周期 T，则两波形间的相位差为

$\varphi = \dfrac{\tau}{T} \times 360^\circ = \varphi_o - \varphi_i$（输出相位与输入相位之差）。将各个不同频率下的相位差 φ 画在以 f 为横轴、φ 为纵轴的坐标纸上，用光滑的曲线将这些点连接起来，即是被测电路的相频特性曲线，如图 1.7.3 所示。

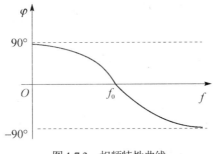

图 1.7.3　相频特性曲线

由电路分析理论得知，当 $\omega = \omega_o = 1/RC$，即 $f=f_0 =1/2\pi RC$ 时，$\varphi =0$，即 u_o 与 u_i 同相位，且输出电压达到最大值 $U_o=1/3U_i$，因而可用于实现选频。当然此电路也存在某些不足，因为内部的电阻是不能存放能量，它把电能转换成热能，浪费能量，能量传输能力差。RC 选频网络的固定频率不会达到很大，在高频下不能使用，其滤波性能也比较差。

【实验设备与器材】

序　　号	名　　　　称	型号与规格	数　　量	备　　注
1	函数信号发生器及频率计		1	
2	双踪示波器		1	
3	交流毫伏表	0～600V	1	
4	RC 选频网络实验板		1	

【实验内容与步骤】

1. 测量 RC 串并联电路的幅频特性

(1) 利用实验挂箱上 "RC 串并联选频网络" 线路，组成图 1.7.1 线路。取 $R=1\text{k}\Omega$，$C=0.1\mu\text{F}$。

(2) 调节信号源输出电压为 3V 的正弦信号，接入图 1.7.1 的输入端。

(3) 改变信号源的频率 f(由频率计读得)，并保持 $U_i=3\text{V}$ 不变，测量输出电压 U_o(可先测量 $\beta=1/3$ 时的频率 f_0，然后再在 f_0 左右设置其他频率点测量)。

(4) 取 $R=200\Omega$，$C=2.2\mu\text{F}$，重复上述测量。

$R=1\text{k}\Omega$	f/H$_z$		
$C=0.1\mu\text{F}$	U_o/V		
$R=200\Omega$	f/H$_z$		
$C=2.2\mu\text{F}$	U_o/V		

2. 测量 RC 串并联电路的相频特性

将图 1.7.1 的输入 U_i 和输出 U_0 分别接至双踪示波器的 Y_A 和 Y_B 两个输入端，改变输入正弦信号的频率，观测不同频率点时，相应的输入与输出波形间的时延 τ 及信号的周期 T。两波形间的相位差为

$$\varphi = \varphi_o - \varphi_i = \frac{\tau}{T} \times 360°$$

$R=1\text{k}\Omega$ $C=0.1\mu\text{F}$	f/Hz			
	T/ms			
	τ/ms			
	φ /(°)			
$R=200\Omega$ $C=2.2\mu\text{F}$	f/Hz			
	T/ms			
	τ/ms			
	φ /(°)			

实验八　继电接触控制电路

【实验目的】

(1) 了解有关按钮、接触器、继电器等电气设备的基本结构及使用方法。

(2) 学习异步电动机点动控制电路、单向启—停控制电路、有电气联锁的正反转控制电路的接线及查线方法。

(3) 理解并掌握点动、自锁、联锁典型控制环节的接法与工作原理，以及失(或零)压保护、过载保护、电气联锁保护的工作原理。

(4) 学习应用电气原理图和万用表分析、检查控制电路的方法。

【相关理论】

1. 点动控制

当电动机容量较小时，可以采用直接启动的方法控制。图 1.8.1 所示为点动控制线路，主回路由刀开关 Q(或用转换开关)、接触器的主触点 KM 和电动机 M 组成。熔断器 FU 作短路保护用，刀开关 Q 用作电源引入开关。电动机的启动或停车由接触器 KM 的三个主触点来控制。控制回路由启动按钮 SB(只用其常开触点)和接触器线圈 KM 串接而成。

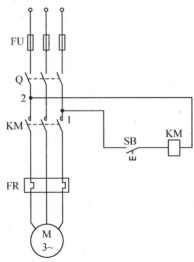

图 1.8.1　点动控制电路

线路的工作原理如下：按下启动按钮 SB 时，控制回路接通，接通器线圈 KM 得电，其主触点 KM 闭合，接通主回路，电动机 M 得电运转。当手松开时，由于按钮复位弹簧作用于，使得 SB 断开，接触器线圈 KM 断电，主触点断开，使电动机主回路断电，电动机停转。这种用手按住按钮电动机就转，手一松电动机就停在控制线路称为点动控制线路。

生产上有时需要电动机作点动运行。例如，在起重设备中常常需要电动机点动运行；在机床或自动线的调整工作时，也需要电动机作点动运行。所以点动控制线路是一种常见的控制线路，也是组成其他控制线路的基本线路。

2. 单向启—停控制

如需要电动机连续运行，则在点动控制线路中的启动按钮 SB_2 的两端并上接触器 KM 的辅助常开触点，并加串接于控制回路中的停止按钮 SB_1，如图 1.8.2 所示。按下按钮 SB_2 时，接触器线圈 KM 得电，在接通主回路的同时，也使接触器的辅助常开触点 KM 闭合。手松开后，虽然按钮 SB_2 断开，但电流从辅助常开触点 KM 上流过，保证接触器线圈 KM 继续得电，使电动机能连续运行。辅助常开触点的这种作用称为自锁。起自锁作用的触点称自锁触点。

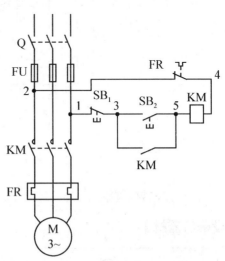

图 1.8.2　单向启—停控制电路

按压停止按钮 SB_1，其常闭触点断开，接触器线圈 KM 断时，主触点断开，电动机停止转动。

上述的自锁触点还具有失压保护作用。当线路突然断电时，接触器线圈 KM 失电，在断开主回路的同时，也断开了自锁触点，当电源重新恢复电压时，由于自锁触点已经断开，线路不再接通，这样就可以避免发生事故，起到保护作用。

为了防止长期过载烧毁电动机，线路中还接了热继电器 FR。当电动机长期过载运行时，串接在主回路中的受热体膨胀引启动作，顶开串接在控制回路中的常闭触点。断开控制回路和主回路，从而保护了电动机。

将启—停按钮、接触器和热继电器组装在一起就构成所谓磁力启动器，它是一种专用于三相异步电动机启—停控制和长期过载保护的电器。

3. 正反转控制

许多生产机械的运动部件，根据工艺要求需要电动机能正、反两个方向旋转。由三相异步电动机的工作原理可知，改变定子绕组中流过电流的相序就可使电动机的旋转方向发生改变。为此，可控制两个接触器分别引入不同相序的电流到电动机便可实现电动机正反转控制。

图 1.8.3 所示为正、反转控制电路。图中 KM_F 为控制正转的接触器，KM_R 为控制反转的接触器。它们的主触点均接在主回路上。KM_F 的主触点闭合时，将 A、B、C 三相电流分别引进电动机 U_1、V_1、W_1 绕组中，电动机正转。当 KM_R 的主触点闭合时，A、C 相电流对调(即 A 相电流流入 W_1 绕组，C 相电流流入 U_1 绕组中)，电机便反转。从主回路可以看出，如果 KM_F 和 KM_R 同时得电时，将造成线间短路。为避免事故发生，必须在 KM_F 和 KM_R 中的一个线圈得电时，迫使另一个线圈不可能得电，这种两线圈不能同时得电的互相制约的控制方式称为互锁。在实际控制线路中，只要将 KM_F 和 KM_R 的常闭辅助触点分别串入对方线圈的控制线路中就可达到互锁的目的。这种互锁方式称为电气互锁。这样，当线圈 KM_F 得电时。串接在线圈 KM_R 电路中的 KM_F 常闭触点断开，此时即使按下反转按钮 SB_R，KM_R 也不可能得电。只有先按停止按钮 SB_1 和 KM_F 线圈失电时，其常闭触点 KM_F 闭合后，再按下 SB_R 时，电动机才能反转。同理可知电动机在反转时也能达到互锁目的。

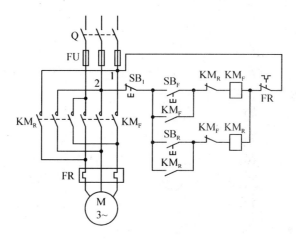

图 1.8.3 正反控制电路

此线路正转或反转控制原理与连续运行控制相同，在此不再叙述。

【实验设备与器材】

序　号	名　　称	型号与规格	数　量	备　注
1	异步电动机控制板		1	
2	异步三相电动机	AD₂	1	
3	万用表	MF500	1	

【实验内容与步骤】

1. 实验前的准备

熟悉按钮、接触器实物结构及其动作原理。实验板外接线柱作用、符号。

2. 点动与单向启—停控制电路

点动控制电路按图 1.8.1 所示接线和查线，由于其节点和回路数较少，接线和查线皆宜采用回路法。

在断开电源条件下，先接主回路，后接控制电路。查线方法同接线的顺序进行。然后用万用表 Ω 挡分别测三根相线间的电阻应为 ∞，若发现短路应立即排除。再后将万用表置 ×1kΩ 挡，表笔接至 1、2 两点，按下启动按钮 SB_2，万用表反映 KM 线圈的直流电阻应在 1.2~3kΩ 之间为正确。按下停止按钮，电阻应为 ∞，否则有障碍应排除。

单向启—停控制电路，按图 1.8.2 所示接线和查线。查线方法与上述相同。

3. 正、反转控制电路

按图 1.8.3 所示接线和查线，由于其节点和回路数比较多，接线和查线宜采用节点法。

(1) 先接主电路，注意换相接线方法；然后接控制回路，注意自锁和电气联锁保护触点接线方法。

(2) 检查。用万用表检查控制电路方法与前述类似，不同的是表笔接至 1、2 两点，用按、松 SB_F 检查正转控制回路是否正常，还需按、松 SB_R 检查反转控制回路是否正常。如有故障必须排除，并经指导教师检查后，才能通电实验。

(3) 正反控制操作：在控制电路工作正常的情况下，合上三相闸刀 Q，按下启动按钮 SB_F，观察电动机的运行情况；按下 SB_1，电动机应该停止运转。按下反转按钮 SB_R，观察电动机的运行情况下；按下 SB_1，电动机应该停止运转。在电动机正转时，按下反转启动按钮 SB_R，观察电动机运行情况。操作完毕，拉下三相闸刀，断开电源，最后拆线。

第2章 模拟电路实验

实验一 常用电子仪器的使用

【实验目的】

(1) 学习电子电路实验中常用的电子仪器设备：示波器、函数信号发生器、交流毫伏表等的主要技术指标、性能及正确使用方法。

(2) 掌握用双踪示波器观察正弦信号波形和读取波形参数的方法。

【相关理论】

图 2.1.1 所示为各仪器与被测实验装置之间的布局与连接。接线时应注意，为防止外界干扰，各仪器的公共接地端应连接在一起，形成共地。信号源和交流毫伏表的引线通常用带黑色夹子和红色夹子的屏蔽线或专用电缆线，示波器接线使用带钩子的专用电缆线，直流电源的接线用普通导线。

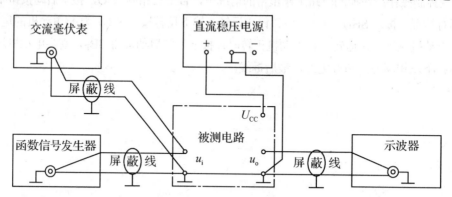

图 2.1.1 模拟电子电路中常用电子仪器接线布局图与连接

1. 示波器

示波器是一种用途很广的电子测量仪器，既能直接显示电信号的波形，又能对电信号进行各种参数的测量。现着重指出下列几点：

(1) 寻找扫描光迹。

将示波器 Y 轴显示方式置 "CH$_1$" 或 "CH$_2$"，输入耦合方式置 "GND"，开机预热后，若在显示屏上不出现光点和扫描基线，可按下列操作去找到扫描线：①适当调节亮度旋钮。②触发方式开关置 "自动"。③适当调节垂直(↕)、水平(⇄) "位移" 旋钮，使扫描光迹位于屏幕中央。

(2) 双踪示波器一般有五种显示方式，即"CH$_1$"、"CH$_2$"、"CH$_1$＋CH$_2$"三种单踪显示方式和"交替""断续"两种双踪显示方式。另外为了显示稳定的被测信号波形，"触发源选择"开关一般选为"内"触发，使扫描触发信号取自示波器内部的 Y 通道。

(3) 触发方式开关通常先置于"自动"调出波形后，若被显示的波形不稳定，可置触发方式开关于"常态"，通过调节"触发电平"旋钮找到合适的触发电压，使被测试的波形稳定地显示在示波器屏幕上。

(4) 适当调节"扫描速率"开关及"Y 轴灵敏度"开关使屏幕上显示的被测信号处于一个合适的大小。在测量幅值时，应注意将"Y 轴灵敏度微调"旋钮逆时针旋到底，且听到关的声音(或者旁边红色指示灯灭)。在测量周期时，应注意将"X 轴扫描微调"旋钮逆时针旋到底，且听到关的声音(或者旁边红色指示灯灭)。还要注意"扩展"按钮的状态。

根据被测波形在屏幕坐标刻度上垂直方向所占的格数(div 或 cm)与"Y 轴灵敏度"开关指示值(V/div)的乘积，即可算得信号幅值的实测值。

根据被测信号波形一个周期在屏幕坐标刻度水平方向所占的格数(div 或 cm)与"扫描"开关指示值(t/div)的乘积，即可算得信号频率的实测值。

2. 函数信号发生器

函数信号发生器按需要输出正弦波、方波、三角波三种信号波形。函数信号发生器的输出信号频率可以先通过频率分挡按钮进行调节，再用频率细调旋钮进行微调。通过输出 20dB、40dB 衰减开关和输出幅度调节旋钮，可使输出电压在毫伏级到伏级范围内连续调节。最后通过电压输出接口将信号输出。函数信号发生器作为信号源，它的输出端不允许短路。另外函数信号发生器由于带有频率计等相关功能，所以在使用信号发生器功能时，请勿做其他功能上的操作。

3. 交流毫伏表

交流毫伏表用来测量正弦交流电压的有效值。其面板上分有六个量程，实验过程中可以通过对测量值的估算来选择合适的量程，以达到更高的测量精确度。当所测量值超过当前量程时，交流毫伏表上的数码管显示全亮并闪烁，所有为了防止过载而损坏，测量前一般先把量程开关置于量程较大位置上，然后在测量中逐挡减小量程。

【实验设备与器材】

(1) 函数信号发生器；

(2) 双踪示波器；

(3) 交流毫伏表。

【实验内容与步骤】

1. 测试"校正信号"波形的幅度、频率

用示波器专用电缆线取示波器自检校准信号(示波器操控面板的左下方)接入 CH$_1$ 或 CH$_2$ 通道，按照示波器寻迹操作将波形调到合适的大小和位置，再读取校正信号幅度和频率(或周期)，记入表 2.1.1。

表 2.1.1　示波器校准信号数据表

测 量 参 数	标 准 值	实 测 值
幅度 U_{P-P}/V		
频率 f/kHz		

2. 用示波器和交流毫伏表测量信号参数

调节函数信号发生器，使其输出信号的频率分别为 0.1kHz、1kHz、10kHz、100kHz，有效值均为 1V(交流毫伏表测量值)的正弦波信号。分别测量信号源输出电压频率及峰—峰值，并记入表 2.1.2。

表 2.1.2　示波器和毫伏表测量数据表

信号电压 频率/ kHz	示波器测量值		信号电压 毫伏表读数 N	示波器测量值	
	周期/ms	频率/Hz		有效值/V	峰—峰值/V
0.1					
1					
10					
100					

3. 测量两波形间相位差

(1) 按图 2.1.2 所示连接实验电路，将函数信号发生器的输出信号调至为频率 1kHz，幅值 2V 的正弦波，经 RC 移相网络获得频率相同但相位不同的两路信号 u_i 和 u_R，分别加到双踪示波器的 CH_1 和 CH_2 输入端。

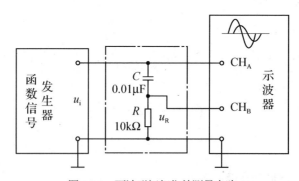

图 2.1.2　两波形间相位差测量电路

(2) 把显示方式开关置"交替"挡位，将 CH_1 和 CH_2 输入耦合方式按钮置"⊥"挡位，调节 CH_1、CH_2 的(↕)移位旋钮，使两条扫描基线重合。

(3) 将 CH_1、CH_2 输入耦合方式按钮置"AC"挡位，调节触发电平、扫速旋钮位置，使在荧屏上显示出易于观察的两个相位不同的正弦波形 u_i 及 u_R，如图 2.1.3 所示。根据两波形在水平方向差距 X，及信号周期 X_T，则可求得两波形相位差式中：X_T—— 一周期所占格数；X—— 两波形在 X 轴方向差距格数。

将两波形相位差记录于表 2.1.3。

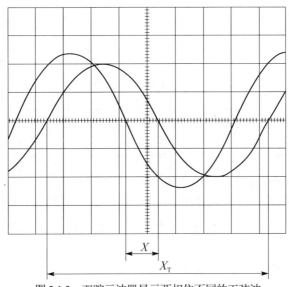

图 2.1.3　双踪示波器显示两相位不同的正弦波

表 2.1.3　相位差测量数据表

一周期格数		相　位　差	
		实　测　值	计　算　值
$X_T=$	$X=$	$\theta=$	$\theta=$

实验二　二极管整流、滤波及并联

稳压电路和集成稳压器

【实验目的】

(1) 掌握单相桥式整流电路、电容滤波及硅稳压管并联稳压电路的接线与基本特性。

(2) 研究硅稳压管并联稳压电路的原理。

(3) 了解直流稳压电源主要技术指标的测试方法。

【相关理论】

实验电路如图 2.2.1 所示。

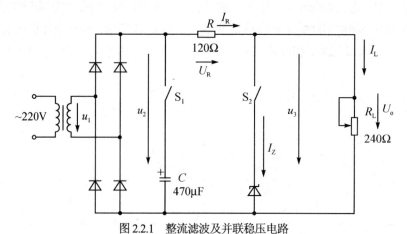

图 2.2.1　整流滤波及并联稳压电路

(1) 变压电路：交流 220V 正弦波经过变压器后将电压降至交流 12V。

(2) 桥式整流电路：交流正弦波经过桥式整流后，$U_2 = 0.9U_1$。

(3) 滤波电路：实验中利用电容器两端电压不能突变的特性，采用一个电解电容将 U_2 波形变成一个类似锯齿波的直流信号波形(图 2.2.1 中 S_1 通、S_2 断时)，使脉动成分大大减少。

(4) 并联稳压电路(图 2.2.1 中 S_2 通、S_1 断时)，电阻 R 为限流电阻，稳压原理如下：

① 当 R_L 不变，$U_2 \uparrow \rightarrow U_o \uparrow \rightarrow I_Z \uparrow \rightarrow I_R \uparrow \rightarrow U_R \uparrow \rightarrow U_o \downarrow$；

② 当 U_i 不变，$R_L \downarrow \rightarrow U_o \downarrow \rightarrow I_Z \downarrow \rightarrow I_R \downarrow \rightarrow U_R \downarrow \rightarrow U_o \uparrow$。

当 R_L 继续减小时，由于流入 R_L 的电流 I_L 增大而使 I_Z 减小，如果当 I_L 增大到 $I_Z \leqslant I_{Zmia}$ 时，稳压管将失去稳压作用。

(5) 集成稳压电路。集成稳压电路是利用半导体集成工艺，把基准电路、采样电路、比较放大电路、调整管及保护电路等全部元件集中地制作在一小硅片上。图 2.2.2 为 W78XX 系列的外形和接线图。"78"表示固定正电压输出，"XX"表示输出电压为多少伏。本实验所用集成稳压器为三端固定正稳压器 W7812，它的主要参数有：输出直流电压 $U_o = +12V$，输出电流 L—0.1A，M—0.5A，电压调整率 10mV/V，输出电阻 $R_o = 0.15\Omega$，输入电压 U_i 的范围 15～17V。因为一般 U_I 要比 U_o 大 3～5V，才能保证集成稳压器工作在线性区。

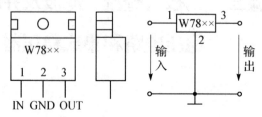

图 2.2.2　W7800 系列外形及接线图

图 2.2.3 是用三端式稳压器 W7812 构成的单电源电压输出串联型稳压电源的实验电路图。其中整流部分采用了由四个二极管组成的桥式整流器，滤波电容 C_1、C_2 一般选取几百～几千微法。当稳压器距离整流滤波电路比较远时，在输入端必须接入电容器 C_3(数值为 $0.33\mu F$)，以抵消线路的电感效应，防止产生自激振荡。输出端电容 $C_4(0.1\mu F)$ 用以滤除输出端的高频信号，改善电路的暂态响应。

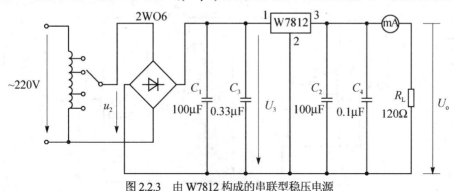

图 2.2.3　由 W7812 构成的串联型稳压电源

有三个参数可以衡量直流稳压电源的质量指标：

电压调整率(稳压系数)S：当负载保持不变，交流电网电压变化±10%时，输出电压相对变化量的百分数。即

$$S = \frac{|\Delta U|}{U_o} \times 100\%$$

电源内阻 r_o：输入电压不变而负载电流变化时，输出电压变化程度。用输出电压的变化量与输出电流的变化量之比来表示。即

$$r_o = \left| \frac{\Delta U_o}{\Delta I_o} \right|$$

纹波系数 γ：输出电压中交流分量的有效值与支流分量值之比。即 $\gamma = \frac{\tilde{U}_o}{U_o}$ 对于直流稳压电源来说，以上各项指标越小越好。

【实验设备与器材】

(1) 双踪示波器；

(2) 交流毫伏表；

(3) 模拟电路实验箱。

【实验内容与步骤】

1. 半波整流电路

(1) 按图 2.2.4 所示接好电路，观察半波桥式整流输出电压波形并验证：$U_o = 0.45 U_2$

(2) 闭合 S_1，S_2 断开，观察带电容滤波后输出电压的波形，并测量 U_o 的大小。

(3) 观察带并联稳压后输出电压的波形(S_2 闭合)①S_1 断开，不带电容时 U_o 的波形；②S_1 闭合，带电容时 U_o 的波形。将以上测量波形记入表 2.2.1 中，并分别与图 2.2.5 对比。

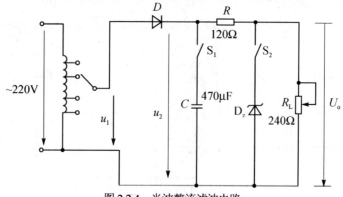

图 2.2.4　半波整流滤波电路

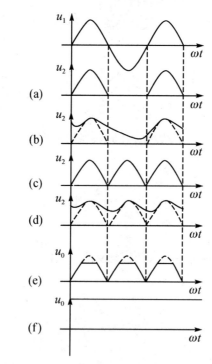

图 2.2.5　半波、全波分别整流、滤波、稳压波形

2. 全波整流电路

按图 2.2.1 所示接好电路，验证 $U_o = 0.9U_1$。实验步骤重复内容 1，将所测得数据波形记入表 2.2.1 中，并与图 2.2.5 对比。

表 2.2.1　半波、全波分别整流、滤波、稳压波形数据

半波整流(图 2.2.4) 不带电容滤波 (S_1、S_2 断开)图 2.2.5(a)		桥式整流带电容滤波 (图 2.2.6)(S_1 闭合 S_2 断开) 图 2.2.5(d)	
半波整流(图 2.2.4) 带电容滤波 (S_1 闭合、S_2 断开)图 2.2.5(b)		桥式整流带并联稳压 (图 2.2.6)(S_1 断开、S_2 闭合) 图 2.2.5(e)	
桥式整流不带电容滤波 (图 2.2.6)(S_1、S_2 断开) 图 2.2.5(c)		桥式整流带电容滤波及并联稳压 (图 2.2.1)(S_1、S_2 闭合) 图 2.2.5(f)	

3. 测量并联稳压后的带负载能力

S_1、S_2 均合上，调节 R_L，观察 U_o 的波形变化，直到 U_o 刚好出现锯齿波，说明此时稳压管已经失去稳压效果，用毫安表记下此时读数($I_{o\,max}$)计算该电路最大带负载能力。$R_{L\,max} = U_o/I_{o\,max}$

4. 集成稳压电路

(1) 整流电路测试按图 2.2.6 所示连接实验电路，S_1、S_2 断开，从实验箱取工频电源 14V 电压作为整流电路输出电压 u_2。接通工频电源：用示波器分别观察变压器输出电压 u_2 和桥式整流输出电压 u_3 的脉动波形；用毫伏表测量变压器输出电压有效值 U_2 和桥式整流输出电压的交流分量有效值 $\tilde{U}_3$；用万用表直流电压挡测量桥式整流输出电压 U_3。

(2) 整流滤波电路测试。图 2.2.6 所示电路中 S_1 闭合：用示波器观察整流滤波输出电压 u_o 的脉动波形；用交流毫伏表测量其交流分量有效值 $\tilde{U}_o$，用万用表直流电压挡测量其输出直流电压 U_o。

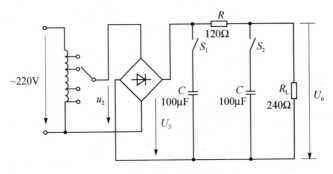

图 2.2.6　整流滤波电路

(3) 集成稳压电路测试。按图 2.2.3 所示接线，完成：

① 三端集成稳压器的初测试。接通 14V 电源，取 R_L=120Ω。测量 U_2 值，测量滤波电路输出电压 U_3(稳压器输入电压)，集成稳压器输出电压 U_o，用示波器记录其波形，它们的数值应与理论值大致符合，否则说明电路出现故障。

② 经电路初试正常工作后，进行各项性能指标测试。经过变压整流滤波之后的输出电压加到集成稳压块的输入端，在其输出端接负载电阻 R_L=120Ω。完成：

a. 输出电压 U_o 的测量；b. 电压调整率的测量；c. 输出纹波电压的测量；d. 输出电阻 R_o 的测量。

实验三　晶体管共射极单管放大电路

【实验目的】

(1) 掌握放大器静态工作点的调试方法，分析静态工作点对放大器性能的影响。

(2) 掌握放大器电压放大倍数及最大不失真输出电压的测试方法。

【相关理论】

图 2.3.1 为分压式稳定工作点单管放大电路实验电路图。其偏置电路采用 R_{B1} 和 R_{B2} 组成的分压电路，并在发射极中接有电阻 R_E，以稳定放大器的静态工作点。当在放大器的输入端加入输入信号 u_i 后，在放大器的输出端便可得到一个与 u_i 相位相反，幅值被放大了的输出信号 u_o，从而实现了电压放大。

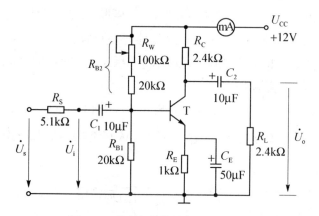

图 2.3.1　共射极单管放大器实验电路

在图 2.3.1 所示电路中，当流过偏置电阻 R_{B1} 和 R_{B2} 的电流远大于(一般 5～10 倍)晶体管 T 的基极电流 I_B 时，则它的静态工作点可用下式估算：

$$U_B \approx \frac{R_{B1}}{R_{B1}+R_{B2}}U_{CC} \quad I_E \approx \frac{U_B-U_{BE}}{R_E} \approx I_C \quad U_{CE}=U_{CC}-I_C(R_C+R_E)$$

电压放大倍数为

$$A_u = -\beta \frac{R_C /\!/ R_L}{r_{be}}$$

输入电阻为

$$R_i = R_{B1} /\!/ R_{B2} /\!/ r_{be} \approx r_{be};$$

输出电阻为

$$R_o \approx R_c$$

1. 放大器静态工作点的测量与调试

放大器静态工作点的调试是指对管子集电极电流 I_C(或 U_{CE})的调整与测试。静态工作点是否合适，对放大器的性能和输出波形都有很大影响。如工作点偏高，放大器在加入交流信号以后易产生饱和失真，此时 u_o 的负半周将被削底，如图 2.3.2(a)所示；如工作点偏低则易产生截止失真，即 u_o 的正半周被缩顶(一般截止失真不如饱和失真明显)，如图 2.3.2(b)所示。所以在选定工作点以后还必须进行动态调试，即在放大器的输入端加入一定的输入电压 u_i，检查输出电压 u_o 的大小和波形是否满足要求。如不满足，则应调节静态工作点的位置。通常情况下多采用调节偏置电阻 R_{B2} 的方法来改变 I_C 的大小，从而改变静态工作点，如图 2.3.3 所示，如减小 R_{B2}，则可使静态工作点提高等。

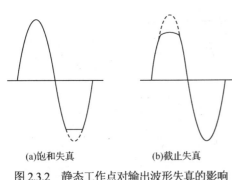

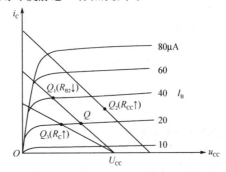

(a)饱和失真　　　　　(b)截止失真

图 2.3.2　静态工作点对输出波形失真的影响　　　图 2.3.3　电路参数对静态工作点的影响

2. 测量放大器动态指标

放大器动态指标包括电压放大倍数、输入电阻、输出电阻、最大不失真输出电压和通频带等。

1) 电压放大倍数 A_u 的测量

调整放大器到合适的静态工作点，然后加入输入电压 u_i，在输出电压 u_o 不失真的情况下，用交流毫伏表测出 u_i 和 u_o 的有效值 U_i 和 U_o，则

$$A_u = \frac{U_o}{U_i}$$

2) 输入电阻 R_i 的测量

为了测量放大器的输入电阻，信号源接入被测放大电路的 U_S 端，在放大器正常工作的情况下，用交流毫伏表测出 U_S 和 U_i，则根据输入电阻的定义可得

$$R_i = \frac{U_i}{I_i} = \frac{U_i}{U_R/R} = \frac{U_i}{U_S - U_i} R$$

3) 输出电阻 R_o 的测量

在放大器正常工作条件下，测出输出端不接负载 R_L 的输出电压 U_o 和接入负载后的输出电压 U_L，根据 $U_L = \dfrac{R_L}{R_o + R_L} U_o$ 即可求出

$$R_o = \left(\frac{U_o}{U_L} - 1 \right) R_L$$

4) 最大不失真输出电压 $U_{o\,P\text{-}P}$ 的测量(最大动态范围)

为了得到最大动态范围，应将静态工作点调在交流负载线的中点。为此在放大器正常工作情况下，逐步增大输入信号的幅度，并同时调节 R_W(改变静态工作点)，用示波器观察 u_o，当输出波形同时出现削底和缩顶现象(如图 2.3.4)时，说明静态工作点已调在交流负载线的中点。然后反复调整输入信号，使波形输出幅度最大，且无明显失真时，用交流毫伏表测出 U_o，则动态范围等于 $2\sqrt{2}U$，或用示波器直接读出 $U_{o\,P\text{-}P}$ 来。

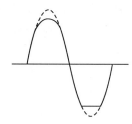

图 2.3.4　静态工作点正常，输入信号太大引起的失真

【实验设备与器材】

(1) 模拟电路实验箱；

(2) 函数信号发生器；

(3) 双踪示波器；

(4) 交流毫伏表；

(5) 万用电表。

【实验内容与步骤】

实验电路如图 2.3.1 所示。各电子仪器可按本章实验一中图 2.1.1 所示方式连接。

1. 调试静态工作点

接通直流电源前，先将 R_W 调至最大，函数信号发生器输出为零。接通＋12V 电源，调节 R_W，使 $U_{CE} \approx 6V$ 左右，用万用表直流电压档测量 U_B、U_E、U_C 及电阻档测量 R_{B2} 值，记入表 2.3.1。

表 2.3.1　静态工作点数据　　　　　　　　　　　　　　　　　　　　$U_{CE} \approx 6V$

测　量　值				计　算　值		
U_B/V	U_E/V	U_C/V	$R_{B2}/k\Omega$	U_{BE}/V	U_{CE}/V	I_C/mA

2. 测量电压放大倍数

在放大器输入端加入频率为 1kHz 的正弦信号 u_s，调节函数信号发生器的输出旋钮使放大器输入电压 $U_i \approx 10$mV，同时用示波器观察放大器输出电压 u_o 波形，在波形不失真的条件下用交流毫伏表测量下述三种情况下的 U_o 值，并用双踪示波器观察 u_o 和 u_i 的相位关系，记入表 2.3.2。

表 2.3.2　电压放大倍数测量值　　　　　　　　　　$U_i=$____mV(有效值)

$R_C/k\Omega$	$R_L/k\Omega$	U_o/V	A_u	观察记录一组 u_o 和 u_i 波形
2.4	∞			
2.4	2.4			

3. 观察静态工作点对电压放大倍数的影响

置 $R_C=2.4$kΩ，$R_L=\infty$，U_i 不变，调节 R_W，用示波器观察输出电压波形，在 u_o 不失真的条件下，测量几组 I_C 和 U_o 值，记入表 2.3.3。

表 2.3.3　静态工作点对放大倍数的影响　　　$R_C=2.4$kΩ，$R_L=\infty$，$U_i=$____mV(有效值)

I_C/mA			
U_o/V			
A_u			

测量 I_C 时，使信号输入端信号为零(即使 $u_i=0$)。

4. 测量最大不失真输出电压

置 $R_C=2.4$kΩ，$R_L=2.4$kΩ，按照上面实验实验相关理论中所述方法，同时调节输入信号的幅度和电位器 R_W，用示波器和交流毫伏表测量 $U_{o\,P-P}$ 及 U_o 值，记入表 2.3.4。

表 2.3.4　最大不失真输出电压数据表　　　　　　$R_C=2.4$kΩ，$R_L=2.4$kΩ

I_C/mA	U_{im}/mV	U_{om}/V	$U_{o\,P-P}/V$

5. 测量输入电阻和输出电阻

置 $R_C=2.4$kΩ，$R_L=2.4$kΩ，$U_{CE}=6$V。在 U_S 端输入 $f=1$kHz 的正弦信号，在确保输出电压 u_o 不失真的情况下，用交流毫伏表测出 U_S，U_i 和 U_L 记入表 2.3.5，保持 U_S 不变，断开 R_L，测量输出电压 U_o，记入表 2.3.5。

表 2.3.5　输出电阻、输入电阻测量值　　　$U_{CE}\approx6$V，$R_C=2.4$kΩ，$R_L=2.4$kΩ

U_S	U_i	$R_i/k\Omega$		U_L/V	U_o/V	$R_o/k\Omega$	
/mv	/mv	测量值	计算值			测量值	计算值

实验四　负反馈放大电路

【实验目的】

(1) 了解串联电压负反馈对放大电路性能的改善。

(2) 了解负反馈放大器各项技术指标的测试方法。

(3) 掌握负反馈放大器频率特性的测量方法。

【相关理论】

图 2.4.1 所示为带有负反馈的两级阻容耦合放大电路，在电路中通过 R_f 把输出电压 u_o 引回到输入端，加在晶体管 T_1 的发射极上，在发射极电阻 R_{F1} 上形成反馈电压 u_f。本电路属于电压串联负反馈。

主要性能指标有：

(1) 闭环电压放大倍数: $A_u=U_o/U_i$ 为基本放大器电压放大倍数。$1+A_uF_u$ 为反馈深度，它的大小决定了负反馈对放大器性能改善的程度。

(2) 反馈系数 $F_u = \dfrac{R_{F1}}{R_f + R_{F1}}$。

(3) 带负反馈输入电阻 $R_{if}=(1+A_uF_u)R_i$　R_i 为基本放大器的输入电阻。

(4) 带负反馈输出电阻 $R_{of} = \dfrac{R_o}{1 + A_{uo}F_u}$　R_o 为基本放大器的输出电阻；A_{uo} 为基本放大器 $R_L=\infty$ 时的电压放大倍数。

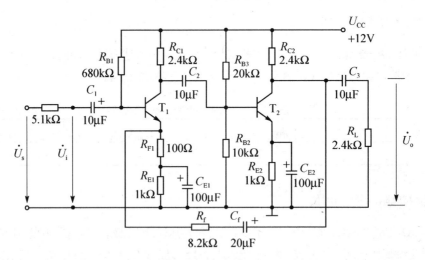

图 2.4.1　带有电压串联负反馈的两级阻容耦合放大器

(5) 放大器幅频特性。放大器的幅频特性是指放大器的电压放大倍数 A_u 与输入信号频率 f 之间的关系。所以放大器的幅频特性就是测量不同频率信号时的电压放大倍数 A_u。如图 2.4.2 所示，A_{um} 为中频电压放大倍数，通常规定电压放大倍数随频率变化下降到中频放大倍数的 $1/\sqrt{2}$ 倍，即 $0.707A_{um}$ 所对应的频率分别称为下限频率 f_L 和上限频率 f_H，则通频带 $BW=f_H-f_L$。采用测 A_u 的方法，每改变一个信号频率，测量其相应的电压放大倍数，测量时应注意取点要恰当，在低频段与高频段应多测几点，在中频段可以少测几点。此外，在改变频率时保持输入信号的幅度不变，且输出波形不能失真。

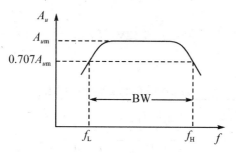

图 2.4.2　幅频特性曲线

本实验需要测量基本放大器的动态参数，在无反馈的基本放大器中必须把反馈网络的影响(负载效应)考虑到基本放大器中去。因此在基本放大器的输入回路中，因为是电压负反馈，可将负反馈放大器的输出端交流短路，即令 $u_o=0$，此时 R_f 相当于并联在 R_{F1} 上；在基本放大器的输出回路中，因为是串联负反馈，可将反馈放大器的输入端开路，此时(R_f+R_{F1})相当于并接在输出端。由此可得到所要求的图 2.4.3 所示的基本放大器。

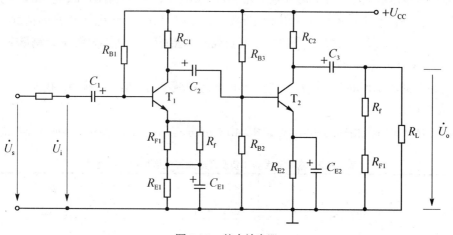

图 2.4.3　基本放大器

【实验设备与器材】

(1) 模拟电路实验箱；

(2) 函数信号发生器；

(3) 双踪示波器；

(4) 交流毫伏表；

(5) 万用表。

【实验内容与步骤】

1. 测量静态工作点

按图 2.4.1 所示连接实验电路，取 $U_{CC}=+12V$，$U_i=0$，用万用表分别测量第一级、第二级的静态工作点，记入表 2.4.1。

表 2.4.1　静态工作点测量数据

测　量　项	U_{B1}/V	U_{E1}/V	U_{C1}/V	I_{C1}/mA	U_{B2}/V	U_{E2}/V	U_{C2}/V	I_{C2}/mA
测量值								

2. 测试放大器的各项性能指标

(1) 基本放大器性能指标的测量。将图 2.4.1 所示实验电路按图 2.4.3 改接，即把 R_f 断开后分别并在 R_{F1} 和 R_L 上。

① 测量中频电压放大倍数 A_u，输入电阻 R_i 和输出电阻 R_o。将 $f=1kHz$，U_S 约 5mV 正弦信号输入放大器，接入负载 $R_L=2.4k\Omega$ 的电阻。用示波器观察输出波形 u_o，在 u_o 不失真的情况下，用交流毫伏表测量 U_S、U_i、U_L，；保持 U_S 不变，断开负载电阻 R_L(注意，R_f 不要断开)，测量空载时的输出电压 U_o，将以上数据记入表 2.4.2。

② 测量通频带。接上 R_L，保持 U_S 不变，然后增加和减小输入信号的频率，找出上、下限频率 f_H 和 f_L，记入表 2.4.3。

(2) 负反馈放大器性能指标的测量。恢复图 2.4.1 中所示电路，实验步骤同基本放大器性能指标测量。

表 2.4.2　基本放大器和负反馈放大器性能指标数据表

	U_S /mV	U_i /mV	U_L /V	U_o /V	A_u	R_i /kΩ	R_o /kΩ
基本放大器							
	U_S /mV	U_i /mV	U_L /V	U_o /V	A_{uf}	R_{if} /kΩ	R_{of} /kΩ
负反馈放大器							

表 2.4.3　放大器通频带测试数据

	f_L/kHz	f_H/kHz	$\Delta f/kHz$
基本放大器			
	$f_{Lf}(kHz)$	$f_{Hf}(kHz)$	$\Delta f_f/kHz$
负反馈放大器			

实验五　差动放大器

【实验目的】

(1) 加深对差动放大器工作原理、电路特点以及抑制零漂移方法的理解。

(2) 学习差动放大器主要性能指标的测试方法。

【相关理论】

图 2.5.1 是差动放大器的基本电路图。 它由两个完全对称的单管放大器组成。当开关 S 拨向左边 (1)时，构成典型的差动放大器。R_P 为调零电位器，用来调节晶体管 T_1、T_2 的静态工作点，使得输入信号 $U_i=0$ 时，双端输出电压 $U_o=0$。R_E 为两管共用的发射极电阻， 它对差模信号无负反馈作用，因而不影响差模电压放大倍数，但对共模信号有较强的负反馈作用，故可以有效地抑制零漂，稳定静态工作点。

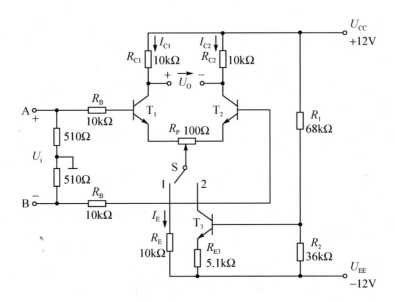

图 2.5.1　差动放大器实验电路

当开关 S 拨向右边(2)时，构成具有恒流源的差动放大器。 它用晶体管恒流源代替发射极电阻 R_E，可以进一步提高差动放大器抑制共模信号的能力。

1. 静态工作点的估算

典型电路：

$$I_E \approx \frac{|U_{EE}| - U_{BE}}{R_E} \text{ (认为 } U_{B1}=U_{B2} \approx 0) \qquad I_{C1} = I_{C2} = \frac{1}{2} I_E$$

恒流源电路；

$$I_{C3} \approx I_{E3} \approx \frac{\dfrac{R_2}{R_1 + R_2}(U_{CC} + |U_{EE}|) - U_{BE}}{R_{E3}} \qquad I_{C1} = I_{C1} = \frac{1}{2}I_{C3}$$

2. 差模电压放大倍数和共模电压放大倍数

当差动放大器的射极电阻 R_E 足够大，或采用恒流源电路时，差模电压放大倍数 A_{ud} 由输出端方式决定，而与输入方式无关。

双端输出：$R_E = \infty$，R_P 在中心位置时，$\quad A_{ud} = \dfrac{\Delta U_o}{\Delta U_i} = -\dfrac{\beta R_c}{R_B + r_{be} + \dfrac{1}{2}(1+\beta)R_P}$

单端输出：$A_{ud1} = \dfrac{\Delta U_{C1}}{\Delta U_i} = \dfrac{1}{2}A_{ud}$ ；$\quad A_{ud2} = \dfrac{\Delta U_{C2}}{\Delta U_i} = -\dfrac{1}{2}A_{ud}$

当输入共模信号时，若为单端输出，则有

$$A_{uc1} = A_{uc2} = \frac{\Delta U_{C1}}{\Delta U_i} = \frac{-\beta R_C}{R_B + r_{be} + (1+\beta)(\dfrac{1}{2}R_P + 2R_E)} \approx -\frac{R_C}{2R_E}$$

双端输出时理想情况下 $A_{uc} = \dfrac{\Delta U_o}{\Delta U_i} = 0$。但元件不可能完全对称，$A_{uc}$ 也不会绝对为零。

3. 共模抑制比 K_{CMR}

为了表征差动放大器对有用信号(差模信号)的放大作用和对共模信号的抑制能力，通常用一个综合指标来衡量，即共模抑制比

$$K_{CMR} = \left|\frac{A_{ud}}{A_{uc}}\right| \quad \text{或} \quad K_{CMR} = 20 \lg \left|\frac{A_{ud}}{A_{uc}}\right| \quad (dB)$$

【实验设备与器材】

(1) 模拟电路试验箱；

(2) 函数信号发生器；

(3) 双踪示波器；

(4) 交流毫伏表；

(5) 直流电压表。

【实验内容与步骤】

1. 典型差动放大器性能测试

按图 2.5.1 连接实验电路，开关 S 拨向左边(1)构成典型差动放大器。

1) 测量静态工作点

(1) 调节放大器零点。将放大器输入端 A、B 与地短接，接通±12V 直流电源，用万用表直流电压挡测量输出电压 U_o，调节调零电位器 R_P，使 $U_o=0$。测量时电压挡量程尽量小，准确度更高。

(2) 测量静态工作点。零点调好以后，用直流电压表测量晶体管 T_1、T_2 各电极电位及射极电阻 R_E 两端电压 U_{RE}，记入表 2.5.1。

表 2.5.1　静态工作点测量值　　　　　　　　　　　　单位：V

测量值	U_{C1}	U_{B1}	U_{E1}	U_{C2}	U_{B2}	U_{E2}	U_{RE}

2) 测量差模电压放大倍数

断开直流电源，将放大器输入 A 端接函数信号发生器的输出端，放大器输入 B 端接地构成单端输入方式，接通±12V 直流电源，调节输入信号为频率 f=1kHz 电压 U_i 为 50mV 的正弦信号，在输出波形无失真的情况下，用交流毫伏表测 U_i，U_{C1}，U_{C2}，记入表 2.5.2 中，并观察 u_i，u_{C1}，u_{C2} 之间的相位关系。

3) 测量共模电压放大倍数

将放大器输入端 A、B 短接，信号源接 A 端与地之间，构成共模输入方式，调节输入信号 f=1kHz，U_i=1V，在输出电压无失真的情况下，测量 U_{C1}，U_{C2} 之值记入表 2.5.2，并观察 u_i，u_{C1}，u_{C2} 之间的相位关系。

2. 具有恒流源的差动放大电路性能测试

将图 2.5.1 电路中开关 S 拨向右边(2)，构成具有恒流源的差动放大电路。重复内容(1.2 和 1.3)两项的要求，记入表 2.5.2。

表 2.5.2　差模和共模放大电路性能测试数据

状　态 参　数	典型差动放大电路		具有恒流源的差动放大电路	
	单端输入	共模输入	单端输入	共模输入
U_i	100mV	1V	100mV	1V
U_{C1}/V				
U_{C2}/V				
$A_{ud1}=\dfrac{U_{C1}}{U_i}$		/		/

(续表)

状　态 参　数	典型差动放大电路		具有恒流源的差动放大电路	
	单端输入	共模输入	单端输入	共模输入
$A_{ud} = \dfrac{U_o}{U_i}$		/		/
$A_{uc1} = \dfrac{U_{C1}}{U_i}$	/		/	
$A_c = \dfrac{U_o}{U_i}$	/		/	
$K_{CMR} = \left\| \dfrac{A_{uc1}}{A_{uc1}} \right\|$				

实验六　集成运算放大器的线性应用——模拟运算电路

【实验目的】

(1) 研究由集成运算放大器组成的比例、加法、减法和积分等基本运算电路的功能。

(2) 了解运算放大器在实际应用时应考虑的一些问题。

【相关理论】

本实验采用的集成运算放大器(以下简称集成运放)型号为 μA741，引脚排列如图 2.6.1 所示，它是八脚双列直插式组件，②脚和③脚为反相和同相输入端，⑥脚为输出端，⑦脚和④脚为正、负电源端，①脚和⑤脚为调零端，①、⑤脚之间可接入一只几十千欧的电位器并将滑动触点接到负电源端。⑧脚为空脚。

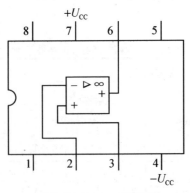

图 2.6.1　μA741 引脚图

集成运放是一种具有高增益的直接耦合多级放大电路。当外部接入不同的线性或非线性元器件组成输入和负反馈电路时，可以灵活地实现各种特定的函数关系。在线性应用方面，可组成比例、加法、减法、积分、微分、对数等模拟运算电路。

理想运放在线性应用时有两个重要特性：

(1) 输出电压 U_o 与输入电压之间满足关系式 $U_o = A_{ud}(U_+ - U_-)$。

(2) 由于 $A_{ud} = \infty$，而 U_o 为有限值，因此，$U_+ - U_- \approx 0$。即 $U_+ \approx U_-$，称为"虚短"；由于 $r_i = \infty$，故流进运放两个输入端的电流可视为零，即 $I_{Id} = 0$，称为"虚断"。这说明运放对其信号源吸取电流极小。

上述两个特性是分析理想运放应用电路的基本原则，可简化运放电路的计算。

1. 反相比例运算电路

电路如图 2.6.2 所示。对于理想运放，该电路的输出电压与输入电压之间的关系为 $U_o = -\dfrac{R_F}{R_1}U_i$，为了减小输入级偏置电流引起的运算误差，在同相输入端应接入平衡电阻 $R_2 = R_1 // R_F$。

2. 反相加法电路

电路如图 2.6.3 所示，输出电压与输入电压之间的关系为 $R_2 // R_F$。

$$U_o = -(\frac{R_F}{R_1}U_{i1} + \frac{R_F}{R_2}U_{i2}) \qquad R_3 = R_1 // R_2 // R_F$$

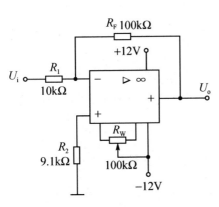

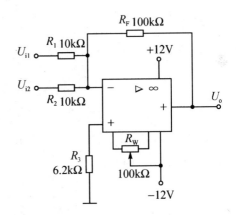

图 2.6.2　反相比例运算电路　　　　　　　　图 2.6.3　反相加法运算电路

3. 同相比例运算电路

图 2.6.4(a)是同相比例运算电路，它的输出电压与输入电压之间的关系为

$$U_o = (1 + \frac{R_F}{R_1})U_i \qquad R_2 = R_1 // R_F$$

当 $R_1 \to \infty$ 时，$U_o = U_i$，即得到如图 2.6.4(b)所示的电压跟随器。图中 $R_2 = R_F$，用以减小漂移和起保护作用。一般 R_F 取 10kΩ，R_F 太小起不到保护作用，太大则影响跟随性。

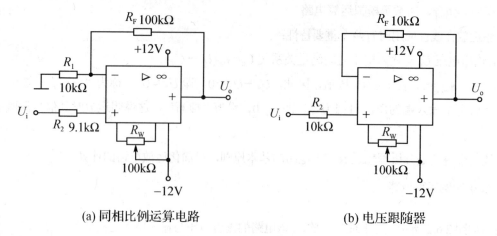

(a) 同相比例运算电路　　　　　　　　　　(b) 电压跟随器

图 2.6.4　同相比例运算电路

4. 减法放大电路

对于图 2.6.5 所示的减法运算电路，当 $R_1 = R_2$，$R_3 = R_F$ 时，　有如下关系式：

$$U_o = \frac{R_F}{R_1}(U_{i2} - U_{i1})$$

5. 积分运算电路

反相积分电路如图 2.6.6 所示。在理想化条件下，输出电压 u_o 等于：

$$u_o(t) = -\frac{1}{R_1C}\int_o^t u_i \mathrm{d}t + u_C(0)$$

式中 $u_c(0)$ 是 $t=0$ 时电容 C 两端的电压值，即初始值。

如果 $u_i(t)$ 是幅值为 E 的阶跃电压，并设 $u_c(0)=0$，则

$$u_o(t) = -\frac{1}{R_1C}\int_o^t E \mathrm{d}t = -\frac{E}{R_1C}t$$

即输出电压 $u_o(t)$ 随时间增长而线性下降。显然 RC 的数值越大，达到给定的 U_o 值所需的时间就越长。积分输出电压所能达到的最大值受集成运放最大输出范围的限值。

在进行积分运算之前，首先应对运放调零。为了便于调节，将图中 S_1 闭合，即通过电阻 R_2 的负反馈作用帮助实现调零。但在完成调零后，应将 S_1 打开，以免因 R_2 的接入造成积分误差。S_2 的设置一方面为积分电容放电提供通路，同时可实现积分电容初始电压 $u_c(0)=0$，另一方面，可控制积分起始点，即在加入信号 u_i 后，只要 S_2 一打开，电容器就将被恒流充电，电路开始进行积分运算。

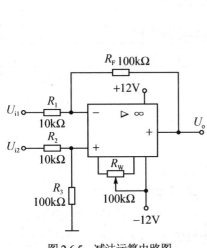

图 2.6.5　减法运算电路图　　　　　　　　图 2.6.6　积分运算电路图

【实验设备与器材】

(1) 模拟电路实验箱；

(2) 函数信号发生器；

(3) 交流毫伏表；

(4) 万用表；

(5) 集成运算放大器 μA741×1、电阻器、电容器若干。

【实验内容与步骤】

实验前一定要看清运放各引脚的位置，切勿正、负电源极性接反和输出端短路，否则将会损坏集成块。

1. 反相比例运算电路

(1) 按图 2.6.2 所示连接实验电路，接通±12V 电源，输入端对地短路，进行调零和消振。

(2) 输入 $f=100$Hz，$U_i=0.5$V 的正弦交流信号，测量相应的 U_o，并用示波器观察 u_o 和 u_i 的相位关系，记入表 2.6.1。

表 2.6.1　反相比例运算电路测量数据　　　　　　　$U_i=0.5$V，$f=100$Hz

U_i/V	U_o/V	u_i 波 形	U_o 波 形	A_u	
				实测值	计算值
		u_i ↑ ——→ t	u_o ↑ ——→ t		

2. 同相比例运算电路

(1) 按图 2.6.4(a)所示连接实验电路。实验步骤同内容 1，将结果记入表 2.6.2。

(2) 将图 2.6.4(a)中的 R_1 断开，得图 2.6.4(b)电路重复内容(1)。

表 2.6.2　同相比例运算电路测量数据表　　　　　　　　　　U_i＝0.5V，f＝100Hz

U_i/V	U_o/V	u_i 波 形	U_o 波 形	A_u	
		u_i ↑ 　　　　　　t	u_o ↑ 　　　　　　t	实测值	计算值

3. 反相加法运算电路

输入信号采用直流信号，图 2.6.7 所示电路为简易直流信号源，可利用实验箱提供的正、负 5V 电源及可调电阻来制作。实验时要注意选择合适的直流信号幅度以确保集成运放工作在线性区。输入信号应该满足 $|U_{i2}-U_{i1}|\leqslant 1V$，否则运算放大器进入正负饱和状态。用直流电压表测量几组输入电压 U_{i1}、U_{i2} 及输出电压 U_o 值，记入表 2.6.3。

表 2.6.3　反相加法运算电路测量数据表　　　　　　　　　　　　　　单位：V

U_{i1}			
U_{i2}			
U_o			

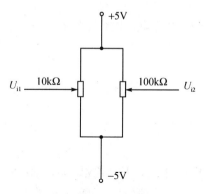

图 2.6.7　简易可调直流信号源

4. 减法运算电路

按图 2.6.5 连接实验电路。采用直流输入信号，输入信号应该满足 $|U_{i2}-U_{i1}|\leqslant 1V$，实验步骤同内容 3，记入表 2.6.4。

表 2.6.4　减法运算电路测量数据表　　　　　　　　　　　　　　　单位：V

U_{i1}			
U_{i2}			
U_o			

5. 积分运算电路

实验电路如图 2.6.6 所示。

(1) 打开 S_2，闭合 S_1，对运放输出进行调零。调零完成后，再打开 S_1，闭合 S_2，使 $u_c(0)=0$。

(2) 预先调好直流输入电压 $U_i=0.5V$，接入实验电路，再打开 S_2，然后用直流电压表测量输出电压 U_o，每隔 5s 读一次 U_o，记入表 2.6.5，直到 U_o 不继续明显增大为止。

表 2.6.5　积分运算电路测量数据表

t/s	0	5	10	15	20	25	30	...
U_o/V								

实验七　集成运算放大器的非线性应用
——电压比较器

【实验目的】

(1) 掌握电压比较器电压传输特性的测量方法。

(2) 掌握电压比较器输入、输出电压波形及电压传输特性的影响。

【相关理论】

电压比较器是一种能进行电压幅度比较和幅度鉴别的电路，它将一个模拟量电压信号和一个参考电压相比较，在二者幅度相等的附近，输出电压将产生跃变，相应输出高电平或低电平。比较器可以组成非正弦波形变换电路及应用于模拟与数字信号转换等领域。

图 2.7.1 所示为一最简单的电压比较器，U_R 为参考电压，加在运放的同相输入端，输入电压 u_i 加在反相输入端。

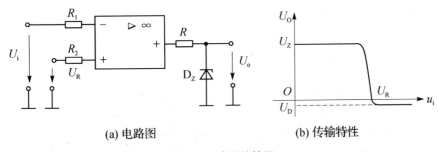

(a) 电路图　　　　　　　　　(b) 传输特性

图 2.7.1　电压比较器

当 $u_i < U_R$ 时，运放输出高电平，稳压管 D_z 反向稳压工作。输出端电位被其箝位在稳压管的稳定电压 U_z，即 $u_o=U_z$。

当 $u_i > U_R$ 时，运放输出低电平，D_z 正向导通，输出电压等于稳压管的正向压降 U_D，即 $u_o = -U_D$。因此，以 U_R 为界，当输入电压 u_i 变化时，输出端反映出两种状态。高电位和低电位。

表示输出电压与输入电压之间关系的特性曲线，称为传输特性。 图 2.7.1(b)所示为图(a)比较器的传输特性。

1. 过零比较器

电路如图 2.7.2(a)所示为加限幅电路的过零比较器，D_Z 为限幅稳压管。信号从运放的反相输入端输入，参考电压为零,同相端接地。当 $U_i > 0$ 时，输出 $U_o = -(U_Z + U_D)$，当 $U_i < 0$ 时，$U_o = +(U_Z + U_D)$。其电压传输特性如图 2.7.2(b)所示。过零比较器结构简单，灵敏度高，但抗干扰能力差。

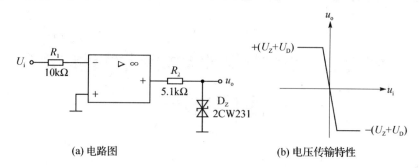

(a) 电路图   (b) 电压传输特性

图 2.7.2　过零比较器

2. 滞回比较器

图 2.7.3 为具有滞回特性的比较器。过零比较器或单门限比较器，如果输入电压在门限附近有微小的干扰，就会导致状态翻转使比较器输出电压不稳定而出现错误阶跃。为了克服这一缺点，采用滞回比较器。 如图 2.7.3 所示，从输出端引一个电阻 R_f 分压正反馈支路到同相输入端，当 u_o 为正(记作 U_+)时，有

$$U_\Sigma = \frac{R_2}{R_f + R_2} U_+$$

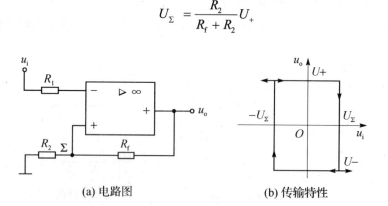

(a) 电路图   (b) 传输特性

图 2.7.3　滞回比较器

则当 $u_i > U_\Sigma$ 后，u_o 即由正变负(记作 U_-)，此时 U_Σ 变为 $-U_\Sigma$。故只有当 u_i 下降到 $-U_\Sigma$ 以下，才能使 u_o 再度回升到 U_+，于是出现图 2.7.3(b)中所示的滞回特性。 $-U_\Sigma$ 与 U_Σ 的差别称为回差。改变 R_2 的数值可以改变回差的大小。

【实验设备与器材】

(1) 模拟电路实验箱；

(2) 万用表；

(3) 函数信号发生器；

(4) 交流毫伏表；

(5) 双踪示波器；

(6) 运算放大器 μA741。

【实验内容与步骤】

1. 过零比较器

实验电路如图 2.7.2 所示，接通 ±12V 电源，测量 u_i 悬空时的 u_o 值。在 u_i 处输入 500Hz、幅值为 2V 的正弦信号，观察 $u_i \rightarrow u_o$ 波形并记录。改变 u_i 幅值，测量传输特性曲线。

2. 反相滞回比较器

实验电路如图 2.7.4 所示，按图接线，u_i 接 +5V 可调直流电源，测出 u_o 由 $+U_{o\,\max} \rightarrow -U_{o\,\max}$ 时 u_i 的临界值。然后测出 u_o 由 $-U_{o\,\max} \rightarrow +U_{o\,\max}$ 时 u_i 的临界值。在 u_i 处接 500Hz、峰—峰值为 2V 的正弦信号，观察并记录 $u_i \rightarrow u_o$ 波形。

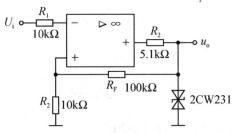

图 2.7.4　反相滞回比较器

3. 同相滞回比较器

实验线路如图 2.7.5 所示，实验步骤同步骤 2，将结果与步骤 2 进行比较。

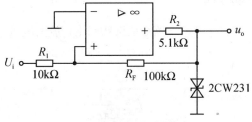

图 2.7.5　同相滞回比较器

实验八　　RC 正弦波振荡器

【实验目的】

(1) 进一步学习 RC 正弦波振荡器的组成及其振荡条件。

(2) 学会测量、调试振荡器。

【相关理论】

从结构上看，正弦波振荡器是没有输入信号的，带选频网络的正反馈放大器。若用 R、C 元件组成选频网络，就称为 RC 振荡器，一般用来产生 1Hz～1MHz 的低频信号。

1. RC 移相振荡器

电路形式如图 2.8.1 所示，选择 $R \gg R_i$。

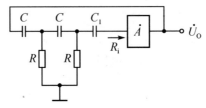

图 2.8.1　RC 移相振荡器原理图

振荡频率为

$$f_o = \frac{1}{2\pi\sqrt{6}RC}$$

起振条件：放大器的电压放大倍数 $|\dot{A}| > 29$。

电路特点：简便，但选频作用差，振幅不稳，频率调节不便，一般用于频率固定、稳定性要求不高的场合。

频率范围：几赫～数十千赫。

2. RC 串并联网络(文氏桥)振荡器

电路原理如图 2.8.2 所示。RC 串并联电路组成选频网络，放大电路为两级阻容耦合放大器，实验电路如图 2.8.4 所示。

振荡频率：

$$f_o = \frac{1}{2\pi RC}$$

起振条件：$|\dot{A}| > 3$。

电路特点：可方便地连续改变振荡频率，便于加负反馈稳幅，容易得到良好的振荡波形。

3. 双 T 选频网络振荡器

电路形式如图 2.8.3 所示。

振荡频率为

$$f_o = \frac{1}{5RC}$$

起振条件：

$$R' < \frac{R}{2} \qquad |\dot{A}\dot{F}| > 1$$

电路特点：选频特性好，调频困难，适于产生单一频率的振荡。

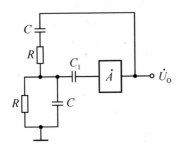
图 2.8.2　RC 串并联网络振荡器原理图

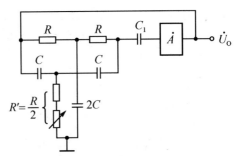
图 2.8.3　双 T 选频网络振荡器原理图

【实验设备与器材】

(1) 模拟电路实验箱；

(2) 函数信号发生器；

(3) 双踪示波器；

(4) 万用表；

(5) 频率计。

【实验内容与步骤】

1. RC 串并联选频网络振荡器

(1) 按图 2.8.4 组接电路断开 RC 串并联网络，接通+12V 电源，用函数信号发生器在放大器第一级输入一个 1kHz、10mV 的正弦信号。用示波器观察输出端波形，调节 R_f 使输出电压放大倍数为 3.1 倍左右，且输出波形不失真。选择这个放大倍数既满足串并联网络振荡器的起振条件$|\dot{A}| > 3$，又能在低电压放大倍数下确保振荡器起振后的信号经过放大器之后波形不失真。

(2) 撤去函数信号发生器，接通 RC 串并联网络。用示波器观察输出波形，若无波形显示或波形失真，则微调 R_f 至波形正常。用频率计测量振荡频率 f_o。

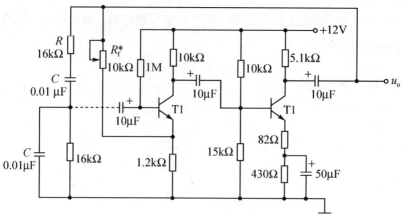

图 2.8.4　RC 串并联选频网络振荡器

(3) 改变 R 或 C 值,测量振荡频率变化值。在串并联网络的两个电阻器 R 上分别并联阻值相同的电阻器,测量振荡频率 f_o;在串并联网络的两个电容器 C 上分别并联两个相同的电容器,测量振荡频率 f_o,并与 $f_o = \dfrac{1}{2\pi RC}$ 的计算值对比。

2. 双 T 选频网络振荡器

(1) 按图 2.8.5 接线路。

(2) 断开双 T 网络,调试晶体管 T_1 静态工作点,使 U_{C1} 为 6~7V。

(3) 接入双 T 网络,用示波器观察输出波形。若不起振,调节 R_{W1},使电路起振。

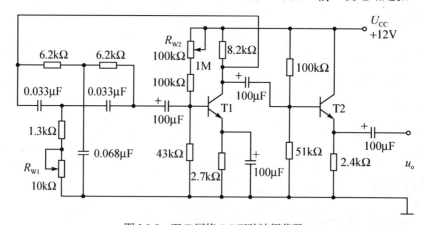

图 2.8.5　双 T 网络 RC 正弦波振荡器

3. RC 移相式振荡器的组装与调试

(1) 按图 2.8.6 接线路。

(2) 断开 RC 移相电路,调整放大器的静态工作点,测量放大器电压放大倍数。

(3) 接通 RC 移相电路,调节 R_{B2} 使电路起振,并使输出波形幅度最大,用示波器观测输出电压 u_o 波形,同时用频率计和示波器测量振荡频率,并与理论值比较。

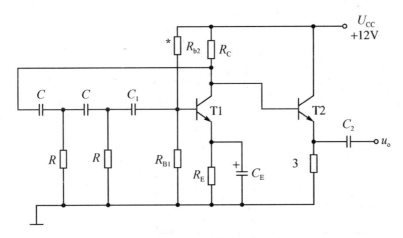

图 2.8.6　*RC* 移相式振荡器

实验九　OTL 低频功率放大电路

【实验目的】

(1) 学习 OTL 功率放大器的工作原理与静态工作点的调试方法。

(2) 学会 OTL 电路的调试及主要性能指标的测试方法。

【相关理论】

图 2.9.1 所示为 OTL 低频功率放大器。其中由晶体管 T_1 为前置放大级，是放大器的推动级。末级采用无输入、无输出变压器的互补对称推挽电路。T_2、T_3 是一对参数对称的 NPN 和 PNP 型晶体管，它们组成互补推挽 OTL 功放输出电路。由于每一个晶体管都接成射极输出器形式，因此具有输出电阻低，负载能力强等优点，适合于作功率输出级。T_1 工作于甲类状态，它的集电极电流 I_{C1} 由电位器 R_{W1} 进行调节。I_{C1} 的一部分流经电位器 R_{W2} 及二极管 D，给 T_2、T_3 提供偏压。调节 R_{W2}，可以使 T_2、T_3 得到合适的静态电流而工作于甲、乙类状态，以克服交越失真。静态时要求输出端中点 A 的电位 $U_A = \frac{1}{2} U_{CC}$，可以通过调节 R_{W1} 来实现，又由于 R_{W1} 的一端接在 A 点，因此在电路中引入交、直流电压并联负反馈，一方面能够稳定放大器的静态工作点，同时也改善了非线性失真。

当输入正弦交流信号 u_i 时，经 T_1 放大、倒相后同时作用于 T_2、T_3 的基极，u_i 的负半周使 T_2 导通 (T_3 截止)，有电流通过负载 R_L，同时向电容器 C_0 充电，在 u_i 的正半周，T_3 导通 (T_2 截止)，则已充好电的 C_0 起着电源的作用，通过负载 R_L 放电，这样在 R_L 上就得到完整的正弦波。C_2 和 R 构成自举电路，用于提高输出电压正半周的幅度，以得到大的动态范围。OTL 电路的主要性能指标。

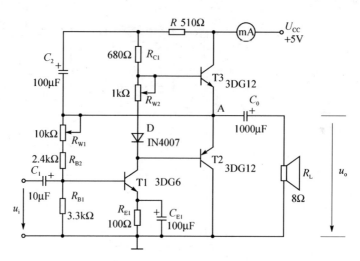

图 2.9.1　OTL 功率放大器实验电路

1. 最大不失真输出功率 P_{om}

理想情况下，$P_{om} = \dfrac{1}{8}\dfrac{U_{CC}^2}{R_L}$；在实验中，可通过测量 R_L 两端的电压有效值来求得实际的 P_{om}：

$$P_{om} = \frac{U_o^2}{R_L}$$

2. 效率

$$\eta = \frac{P_{om}}{P_E}100\%$$

式中，P_E 为直流电源供给的平均功率。理想情况下，$\eta_{max} = 78.5\%$。在实验中，可测量电源供给的平均电流 I_{dC}，从而求得 $P_E = U_{CC} \cdot I_{dC}$，负载上的交流功率已用上述方法求出，因而也就可以计算实际效率了。

【实验设备与器材】

(1) ＋5V 直流电源；

(2) 万用电表；

(3) 函数信号发生器；

(4) 双踪示波器；

(5) 8Ω 扬声器、电阻器、电容器若干。

【实验内容与步骤】

1. 测量静态工作点

按图 2.9.1 所示连接实验电路，接通＋5V 电源，R_{W2} 置最小值，调整 R_{W1} 大致在中间位置。与此同时用手触摸输出级管，若管子温升明显，应立即断开电源检查原因。若无异常可继续调整 R_{W1}。使

A 点电压$U_A = \frac{1}{2}U_{CC}$，即 2.5V 左右。将函数信号发生器产生的 $f=1\mathrm{kHz}$，$u_i=0$ 的正弦信号接到放大器输入端，用示波器观察波形，并逐步加大输入端电压至输出波形出现交越失真。调节 R_{W2} 至交越失真刚好消失为止。然后将输入电压调为 0，重新测量 A 点电压，若偏离$\frac{1}{2}U_{CC}$值，则重新调整。测量各级静态工作点，记入表 2.9.1。

表 2.9.1 各级静态工作点数据 $\qquad$ U_A=2.5V $\qquad$ 单位：V

测 量 参 数	T_1	T_2	T_3
U_B			
U_C			
U_E			

2. 测量最大输出功率 P_{om} 和效率 η

将万用表打到直流电流挡串入电源进线处。逐渐增大输入信号，用示波器观察输出电压 u_o 波形，当输出电压达到最大不失真输出时，用交流毫伏表测出负载 R_L 上的电压 U_{om}，则最大输出功率 P_{om} 为 $P_{om} = U^2_{om}/R_L$。读出万用表中的电流值，此电流即为直流电源供给的平均电流 I_{dC}(有一定误差)，由此可近似求得 $P_E = U_{CC}I_{dc}$，再根据前面测得的 P_{om}，即可求出 $\eta = \dfrac{P_{om}}{P_E}$。

3. 频率响应的测试

测试方法同本意实验二。记入表 2.9.2。

表 2.9.2 频率响应测试数据表 $\qquad$ U_i=＿＿＿mV

测 量 参 数					f_L	f_0		f_H		
f/Hz						1000				
U_o/V										
A_u										

在测试时，为保证电路的安全，应在较低电压下进行，通常取输入信号为输入灵敏度的 50%。在整个测试过程中，应保持 U_i 为恒定值，且输出波形不得失真。

4. 研究自举电路的作用

(1) 测量有自举电路，且 $P_o=P_{o\,max}$ 时的电压增益 $A_u = U_{om}/U_i$

(2) 将 C_2 开路，R 短路(无自举)，再测量 $P_o=P_{o\,max}$ 的 A_u。

用示波器观察(1)、(2)两种情况下的输出电压波形，并将以上两项测量结果进行比较，分析研究自举电路的作用。

第3章　数字电子技术实验

实验一　组合逻辑电路的设计与测试

【实验目的】

(1) 熟悉 CC4012 等常用集成门电路的引脚排列。

(2) 验证 CC4012 等常用集成门电路的逻辑功能。

(3) 掌握组合逻辑电路的设计与测试方法。

【实验预习要求】

(1) 根据实验任务要求设计组合电路，并根据所给的标准器件画出逻辑图。

(2) 选用元器件，并画出实验电路。

(3) 拟定实验步骤及实验数据记录表。

【实验设计范例】

1. 组合逻辑电路设计举例

用"与非"门设计一个表决电路。当四个输入端中有三个或四个为"1"时，输出端才为"1"。设计步骤：根据题意列出真值表如表 3.1.1 所示，再填入卡诺图表 3.1.2 中。

表 3.1.1　真　值　表

A	0	0	0	0	0	0	0	0	1	1	1	1	1	1	1	1
B	0	0	0	0	1	1	1	1	0	0	0	0	1	1	1	1
C	0	0	1	1	0	0	1	1	0	0	1	1	0	0	1	1
D	0	1	0	1	0	1	0	1	0	1	0	1	0	1	0	1
Z	0	0	0	0	0	0	0	1	0	0	0	1	0	1	1	1

表 3.1.2

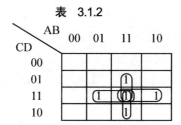

由卡诺图化简后得出逻辑表达式，并化成"与非"的形式：

$$Z = ABC + BCD + ACD + ABD$$

$$= \overline{\overline{ABC} \cdot \overline{BCD} \cdot \overline{ACD} \cdot \overline{ABD}}$$

根据逻辑表达式画出用"与非门"构成的逻辑电路如图 3.1.1 所示。

2. 用实验验证逻辑功能

在实验装置适当位置选定三个 14P 插座，按照集成块定位标记插好集成块 CC4012(如图 3.1.2)。

按图 3.1.1 接线，输入端 A、B、C、D 接至逻辑开关输出插口，输出端 Z 接逻辑电平显示输入插口，按自拟的真值表，逐次改变输入变量，测量相应的输出值，验证逻辑功能，与表 3.1.1 进行比较，验证所设计的逻辑电路是否符合要求。

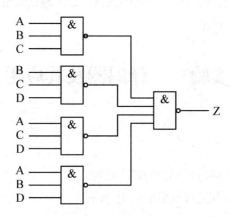

图 3.1.1 表决电路逻辑图

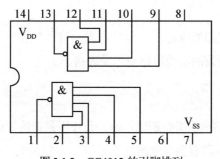

图 3.1.2 CC4012 的引脚排列

【实验设备与器件】

(1) ＋5V 直流电源；

(2) 逻辑电平开关；

(3) 逻辑电平显示器；

(4) 直流数字电压表；

(5) 集成块 CC4011×2(74LS00)，CC4012×3(74LS20)，CC4030(74LS86)，CC4081(74LS08)，74LS54×2(CC4085)，CC4001 (74LS02)。

【实验内容】

(1) 用 74LS00、74LS20 设计三人表决器电路。逻辑功能要求：少数服从多数的原则，表决通过 LED 指示灯亮。

(2) 设计一个对两个两位无符号的二进制数进行比较的电路；根据第一个数是否大于、等于、小于第二个数，使相应的三个输出端中的一个输出为"1"，要求用与门、与非门及或非门实现。

【实验报告】

(1) 列写实验任务的设计过程，画出设计的电路图。

(2) 画出实验电路图，对设计的电路进行实验测试，记录测试结果。

(3) 对实验结果进行分析、讨论。

实验二　译码器及其应用

【实验目的】

(1) 验证 74LS138 等中规模集成译码器的逻辑功能。

(2) 掌握 74LS138 等中规模集成译码器的使用方法。

(3) 熟悉 CC4511 和数码管的使用。

【实验预习要求】

(1) 复习有关译码器和分配器的原理。

(2) 根据实验任务，画出所需的实验电路及记录表格。

【实验设计范例】

译码器是一个多输入、多输出的组合逻辑电路。其作用是把给定的代码进行"翻译"，变成相应的状态，使输出通道中相应的一路有信号输出。

1. 变量译码器(又称二进制译码器)

用以表示输入变量的状态，若有 n 个输入变量，则有 2^n 个不同的组合状态，就有 2^n 个输出端供其使用。而每一个输出所代表的函数对应于 n 个输入变量的最小项。以 3 线—8(3/8)线译码器 74LS138 为例进行分析，图 3.2.1 为其引脚排列。其中 A_2、A_1、A_0 为地址输入端，$\overline{Y_0} \sim \overline{Y_7}$ 为译码输出端，S_1、$\overline{S_2}$、$\overline{S_3}$ 为使能端。

当 $S_1 = 1$，$\overline{S_2} + \overline{S_3} = 0$ 时，器件使能，地址码所指定的输出端有信号(为 0)输出，其他所有输出端均无信号(全为 1)输出。当 $S_1 = 0$，$\overline{S_2} + \overline{S_3} = X$ 时，或 $S_1 = X$，$\overline{S_2} + \overline{S_3} = 1$ 时，译码器被禁止，所有输出同时为 1。

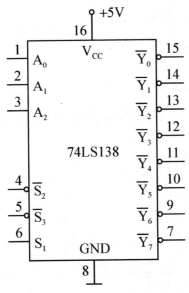

图 3.2.1　74LS138 的引脚排列

二进制译码器实际上也是负脉冲输出的脉冲分配器。若利用使能端中的一个输入端输入数据信息，器件就成为一个数据分配器(又称多路分配器)，如图 3.2.2 所示。若在 S_1 输入端输入数据信息，$\overline{S_2} = \overline{S_3} = 0$，地址码所对应的输出是 S_1 数据信息的反码；若从 $\overline{S_2}$ 端输入数据信息，令 $S_1 = 1$、$\overline{S_3} = 0$，地址码所对应的输出就是 $\overline{S_2}$ 端数据信息的原码。若数据信息是时钟脉冲，则数据分配器便成为时钟脉冲分配器。

根据输入地址的不同组合译出唯一地址，故可用作地址译码器。接成多路分配器，可将一个信号源的数据信息传输到不同的地点。

二进制译码器还能方便地实现逻辑函数，如图 3.2.3 所示，实现的逻辑函数是

$$Z = \overline{A}B\overline{C} + \overline{A}BC + A\overline{B}\overline{C} + ABC$$

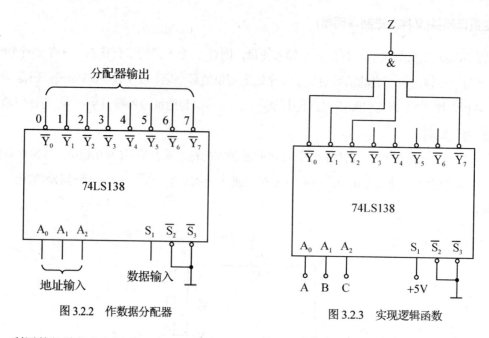

图 3.2.2　作数据分配器　　　　　　　　　图 3.2.3　实现逻辑函数

利用使能端能方便地将两个 3/8 译码器组合成一个 4/16 译码器，如图 3.2.4 所示。

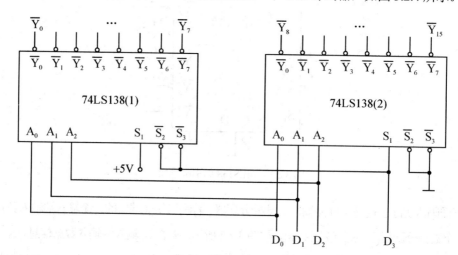

图 3.2.4　用两片 74LS138 组合成 4/16 译码器

2. 数码显示译码器

1) 七段发光二极管(LED)数码管

LED 数码管是目前最常用的数字显示器，图 3.2.5(a)、(b)所示为共阴管和共阳管的电路，图(c)所示为两种不同出线形式的引出脚功能。

一个 LED 数码管可用来显示一位 0～9 十进制数和一个小数点。小型数码管(0.5 英寸和 0.36 英寸)每段发光二极管的正向压降，随显示光的颜色(通常为红、绿、黄、橙色)不同略有差别，通常约为 2～2.5V，每个发光二极管的点亮电流在 5～10mA。LED 数码管要显示 BCD 码所表示的十进制数字就需要有一个专门的译码器，该译码器不但要完成译码功能，还要有相当的驱动能力。

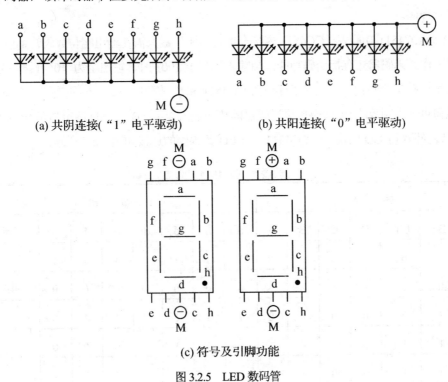

　　(a) 共阴连接("1"电平驱动)　　　　　　　(b) 共阳连接("0"电平驱动)

(c) 符号及引脚功能

图 3.2.5　LED 数码管

2) BCD 码七段译码驱动器

此类译码器型号有 74LS47(共阳)，74LS48(共阴)，CC4511(共阴)等，本实验系采用 CC4511 BCD 码锁存/七段译码/驱动器。驱动共阴极 LED 数码管。

图 3.2.6 所示为 CC4511 引脚排列。

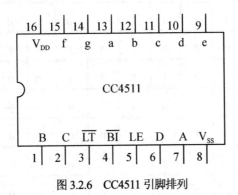

图 3.2.6　CC4511 引脚排列

其中：A、B、C、D 为 BCD 码输入端；

a、b、c、d、e、f、g 为译码输出端，输出"1"有效，用来驱动共阴极 LED 数码管。

$\overline{LT}$ 为测试输入端，$\overline{LT}=$ "0" 时，译码输出全为"1"；

$\overline{BI}$ 为消隐输入端，$\overline{BI}=$ "0" 时，译码输出全为"0"；

LE 为锁定端，LE＝"1" 时译码器处于锁定(保持)状态，译码输出保持在 LE＝0 时的数值，LE＝0 为正常译码。

表 3.2.1 为 CC4511 功能表。CC4511 内接有上拉电阻，故只需在输出端与数码管笔段之间串入限流电阻即可工作。译码器还有拒伪码功能，当输入码超过 1001 时，输出全为"0"，数码管熄灭。

在本数字电路实验装置上已完成了译码器 CC4511 和数码管 BS202 之间的连接。实验时，只要接通+5V 电源和将十进制数的 BCD 码接至译码器的相应输入端 A、B、C、D 即可显示 0～9 的数字。四位数码管可接受四组 BCD 码输入。CC4511 与 LED 数码管的连接如图 3.2.7 所示。

表 3.2.1　CC4511 功能表

输　入							输　出							显示字形
LE	$\overline{BI}$	$\overline{LT}$	D	C	B	A	a	b	c	d	e	f	g	显示字形
×	×	0	×	×	×	×	1	1	1	1	1	1	1	
×	0	1	×	×	×	×	0	0	0	0	0	0	0	消隐
0	1	1	0	0	0	0	1	1	1	1	1	1	0	
0	1	1	0	0	0	1	0	1	1	0	0	0	0	
0	1	1	0	0	1	0	1	1	0	1	1	0	1	
0	1	1	0	0	1	1	1	1	1	1	0	0	1	
0	1	1	0	1	0	0	0	1	1	0	0	1	1	
0	1	1	0	1	0	1	1	0	1	1	0	1	1	
0	1	1	0	1	1	0	0	0	1	1	1	1	1	
0	1	1	0	1	1	1	1	1	1	0	0	0	0	
0	1	1	1	0	0	0	1	1	1	1	1	1	1	
0	1	1	1	0	0	1	1	1	1	0	0	1	1	
0	1	1	1	0	1	0	0	0	0	0	0	0	0	消隐
0	1	1	1	0	1	1	0	0	0	0	0	0	0	消隐
0	1	1	1	1	0	0	0	0	0	0	0	0	0	消隐
0	1	1	1	1	0	1	0	0	0	0	0	0	0	消隐
0	1	1	1	1	1	0	0	0	0	0	0	0	0	消隐
0	1	1	1	1	1	1	0	0	0	0	0	0	0	消隐
1	1	1	×	×	×	×	锁　存							锁存

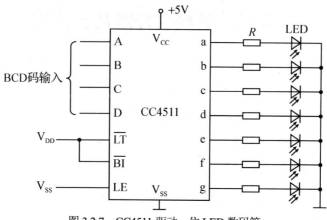

图 3.2.7　CC4511 驱动一位 LED 数码管

【实验设备与器件】

(1) +5V 直流电源;

(2) 双踪示波器;

(3) 连续脉冲源;

(4) 逻辑电平开关;

(5) 逻辑电平显示器;

(6) 拨码开关组;

(7) 译码显示器;

(8) 集成块 74LS138×2、CC4511、74LS20(或 CC4012)。

【实验内容】

1. 数据拨码开关的使用。

将实验装置上的四组拨码开关的输出 A_i、B_i、C_i、D_i 分别接至四组显示译码／驱动器 CC4511 的对应输入口,LE、$\overline{BT}$、$\overline{LT}$ 接至三个逻辑开关的输出插口,接上+5V 显示器的电源,然后按表 3.2.1 输入的要求揿动四个数码的增减键("＋"与"－"键),操作与 LE、$\overline{BI}$、$\overline{LT}$ 对应的三个逻辑开关, 观测拨码盘上的四位数与 LED 数码管显示的对应数字是否一致,及译码显示是否正常。

2. 74LS138 译码器逻辑功能测试

将译码器使能端 S_1、$\overline{S_2}$、$\overline{S_3}$ 及地址端 A_2、A_1、A_0 分别接至逻辑电平开关输出口,八个输出端 $\overline{Y_7}\cdots\overline{Y_0}$ 依次连接在逻辑电平显示器的八个输入口上,拨动逻辑电平开关,按表 3.2.1 逐项测试 74LS138 的逻辑功能。

3. 用 74LS138、74LS20 设计一位全加器电路

(注:此实验是学生实验课现场完成实验,有老师指导,无需另附内容)

实验三　数据选择器及其应用

【实验目的】

(1) 验证 74LS151 等中规模集成数据选择器的逻辑功能。

(2) 掌握 74LS151 等中规模集成数据选择器的使用方法。

(3) 掌握用数据选择器实现逻辑函数的方法。

【实验预习要求】

(1) 复习数据选择器的工作原理。

(2) 用数据选择器对实验内容中的逻辑函数进行设计。

【实验设计范例】

数据选择器在地址码(或称为选择控制)电位的控制下,从几个数据输入中选择一个并将其送到一个公共的输出端。数据选择器的功能类似一个多掷开关,如图 3.3.1 所示,图中有四路数据 $D_0 \sim D_3$,通过选择控制信号 A_1、A_0(地址码)从四路数据中选中某一路数据送至输出端 Q。

数据选择器为目前逻辑设计中应用十分广泛的逻辑部件,它有 2 选 1、4 选 1、8 选 1、16 选 1 等类别。

1. 8 选 1 数据选择器 74LS151

74LS151 为互补输出的 8 选 1 数据选择器,引脚排列如图 3.3.2 所示,功能如表 3.3.1 所示。选择控制端(地址端)为 $A_2 \sim A_0$,按二进制译码,从八个输入数据 $D_0 \sim D_7$ 中,选择一个需要的数据送到输出端 Q,$\overline{S}$ 为使能端,低电平有效。

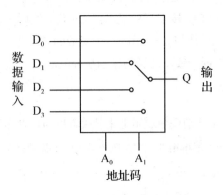

图 3.3.1　4 选 1 数据选择器示意图

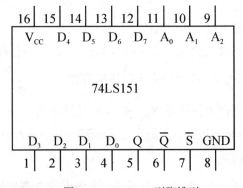

图 3.3.2　74LS151 引脚排列

表 3.3.1　74LS151 引能表

输　入				输　出	
$\overline{S}$	A_2	A_1	A_0	Q	$\overline{Q}$
1	×	×	×	0	1
0	0	0	0	D_0	$\overline{D_0}$
0	0	0	1	D_1	$\overline{D_1}$
0	0	1	0	D_2	$\overline{D_2}$
0	0	1	1	D_3	$\overline{D_3}$
0	1	0	0	D_4	$\overline{D_4}$
0	1	0	1	D_5	$\overline{D_5}$
0	1	1	0	D_6	$\overline{D_6}$
0	1	1	1	D_7	$\overline{D_7}$

(1) 使能端 $\overline{S}=1$ 时，不论 $A_2\sim A_0$ 状态如何，均无输出($Q=0$，$\overline{Q}=1$)，多路开关被禁止。

(2) 使能端 $\overline{S}=0$ 时，多路开关正常工作，根据地址码 A_2、A_1、A_0 的状态选择 $D_0\sim D_7$ 中某一个通道的数据输送到输出端 Q。

如：$A_2A_1A_0=000$，则选择 D_0 数据到输出端，即 $Q=D_0$。

如：$A_2A_1A_0=001$，则选择 D_1 数据到输出端，即 $Q=D_1$，依此类推。

2. 双 4 选 1 数据选择器 74LS153

所谓双 4 选 1 数据选择器就是在一块集成芯片上有两个 4 选 1 数据选择器。引脚排列如图 3.3.3 所示，功能如表 3.3.2 所示。

表 3.3.2　74LS153A 功能表

输　入			输　出
$\overline{S}$	A_1	A_0	Q
1	×	×	0
0	0	0	D_0
0	0	1	D_1
0	1	0	D_2
0	1	1	D_3

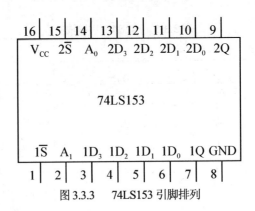

图 3.3.3　　74LS153 引脚排列

$1\overline{S}$、$2\overline{S}$ 为两个独立的使能端；A_1、A_0 为公用的地址输入端；$1D_0 \sim 1D_3$ 和 $2D_0 \sim 2D_3$ 分别为两个 4 选 1 数据选择器的数据输入端；Q_1、Q_2 为两个输出端。

(1) 当使能端 $1\overline{S}$($2\overline{S}$)＝1 时，多路开关被禁止，无输出，Q＝0。

(2) 当使能端 $1\overline{S}$($2\overline{S}$)＝0 时，多路开关正常工作，根据地址码 A_1、A_0 的状态，将相应的数据 $D_0 \sim D_3$ 送到输出端 Q。

如：A_1A_0＝00，则选择 D_0 数据到输出端，即 $Q＝D_0$；

　　A_1A_0＝01，则选择 D_1 数据到输出端，即 $Q＝D_1$；

依此类推。

数据选择器的用途很多，例如多通道传输，数码比较，并行码变串行码，以及实现逻辑函数等。

3. 数据选择器的应用——实现逻辑函数

例 1　用 8 选 1 数据选择器 74LS151 实现逻辑函数：

$$F = A\overline{B} + \overline{A}C + B\overline{C}$$

采用 8 选 1 数据选择器 74LS151 可实现任意三输入变量的组合逻辑函数。

作出函数 F 的功能表，如表 3.3.3 所示，将函数 F 功能表与 8 选 1 数据选择器的功能表相比较，可知：

(1) 将输入变量 C、B、A 作为 8 选 1 数据选择器的地址码 A_2、A_1、A_0。

(2) 使 8 选 1 数据选择器的各数据输入 $D_0 \sim D_7$ 分别与函数 F 的输出值一一相对应。

即

$$A_2A_1A_0=CBA, \quad D_0=D_7=0 \quad D_1=D_2=D_3=D_4=D_5=D_6=1$$

则 8 选 1 数据选择器的输出 Q 便实现了函数 $F = A\overline{B} + \overline{A}C + B\overline{C}$，接线图如图 3.3.4 所示。

表 3.3.3　函数 F 的功能表

输　入			输　出
C	B	A	F
0	0	0	0
0	0	1	1
0	1	0	1
0	1	1	1
1	0	0	1
1	0	1	1
1	1	0	1
1	1	1	0

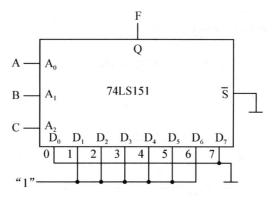

图 3.3.4　用 8 选 1 数据选择器实现 $F = A\overline{B} + \overline{A}C + B\overline{C}$ 的接线图

　　显然，采用具有 n 个地址端的数据选择实现 n 变量的逻辑函数时，应将函数的输入变量加到数据选择器的地址端(A)，选择器的数据输入端(D)按次序以函数 F 输出值来赋值。

　　例 2　用 8 选 1 数据选择器 74LS151 实现函数 $F = A\overline{B} + \overline{A}B$

　　(1) 列出函数 F 的功能表如表 3.3.4 所示。

　　(2) 将 A、B 加到地址端 A_1、A_0，而 A_2 接地，由表 3.3.4 可见，将 D_1、D_2 接"1"及其余数据输入端 D_0、D_3 、$D_4 \sim D_7$ 都接地，则 8 选 1 数据选择器的输出便实现了函数 $F = A\overline{B} + B\overline{A}$ 接线图如图 3.3.5 所示。

表 3.3.4　函数 F 的功能表

B	A	F
0	0	0
0	1	1
1	0	1
1	1	0

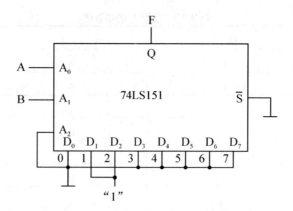

图 3.3.5   8 选 1 数据选择器实现 $F = A\overline{B} + \overline{A}B$ 的接线图

显然，当函数输入变量数小于数据选择器的地址端(A)时，应将不用的地址端及不用的数据输入端(D)都接地。

例3   用 4 选 1 数据选择器 74LS153 实现以下函数：

$$F = A\overline{B}\,\overline{C} + A\overline{B}C + AB\overline{C} + ABC$$

函数 F 的功能如表 3.3.5 所示。

表 3.3.5   函数 F 的功能表

输 入			输 出
A	B	C	F
0	0	0	0
0	0	1	0
0	1	0	0
0	1	1	1
1	0	0	0
1	0	1	1
1	1	0	1
1	1	1	1

函数 F 有三个输入变量 A、B、C，而数据选择器有两个地址端 A_1、A_0 少于函数输入变量个数，可采用降元法设计，在设计时可任选 A 接 A_1，B 接 A_0。将函数功能表改成表 3.3.6 形式，可见当将输入变量 A、B、C 中 A、B 接选择器的地址端 A_1、A_0，由表 3.3.6 不难看出：$D_0=0$、$D_1=D_2=C$、$D_3=1$，则 4 选 1 数据选择器的输出实现了函数 $F = A\overline{B}\,\overline{C} + A\overline{B}C + AB\overline{C} + ABC$，其接线图如图 3.3.6 所示。

表 3.3.6 函数 F 的功能表 2

输　入			输　出	中选数据端
A	B	C	F	
0	0	0	0	$D_0=0$
		1	0	
0	1	0	0	$D_1=C$
		1	1	
1	0	0	0	$D_2=C$
		1	1	
1	1	0	1	$D_3=1$
		1	1	

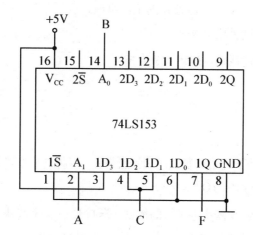

图 3.3.6 4 选 1 数据选择器实现 $F = A\overline{B}\overline{C} + A\overline{B}C + AB\overline{C} + ABC$ 的接线图

当函数输入变量大于数据选择器地址端(A)时，可能随着选用函数输入变量作地址的方案不同，而使其设计结果不同，需对几种方案比较，以获得最佳方案。

【实验设备与器件】

(1) +5V 直流电源；

(2) 逻辑电平开；

(3) 逻辑电平显示器；

(4) 集成块 74LS151(或 CC4512)、74LS153(或 CC4539)。

【实验内容】

(1) 用 74LS151、74LS00 设计实现逻辑函数 $Y = ABC + BCD + \overline{A}C$ 的电路。

(2) 用双 4 选 1 数据选择器 74LS153 实现全加器：

① 写出设计程序 ② 画出接线图 ③ 验证逻辑功能

实验四　触发器及其应用

【实验目的】

(1) 掌握基本 RS、JK、D、T 和 T′触发器的逻辑功能。

(2) 掌握集成触发器 74LS112、74LS74 等逻辑功能及使用方法。

(3) 掌握触发器之间相互转换的方法。

【实验预习要求】

(1) 复习基本 RS、JK、D、T 和 T′触发器的工作原理。

(2) 列出各触发器功能测试表格。

(3) 按实验内容的要求设计线路，拟定实验方案。

【实验设计范例】

1. JK 触发器

74LS112 双 JK 触发器，是下降边沿触发的边沿触发器。引脚功能及逻辑图形符号如图 3.4.1 所示。

JK 触发器的状态方程为 $Q^{n+1}=J\bar{Q}^n+\bar{K}Q^n$

J 和 K 是数据输入端，是触发器状态更新的依据，若 J、K 有两个或两个以上输入端时，组成"与"的关系。Q 与 $\bar{Q}$ 为两个互补输出端。通常把 Q＝0、$\bar{Q}$＝1 的状态定为触发器"0"状态；而把 Q＝1，$\bar{Q}$＝0 定为"1"状态。

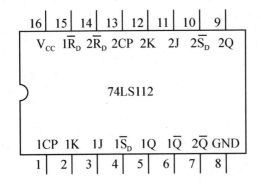
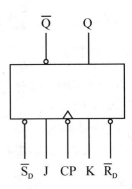

图 3.4.1　74LS112 双 JK 触发器引脚排列及逻辑图形符号

下降沿触发 JK 触发器的功能如表 3.4.1。

表 3.4.1　JK 触发器的功能表

输　入					输　出	
$\overline{S}_D$	$\overline{R}_D$	CP	J	K	Q^{n+1}	$\overline{Q}^{n+1}$
0	1	×	×	×	1	0
1	0	×	×	×	0	1
0	0	×	×	×	φ	φ
1	1	↓	0	0	Q^n	$\overline{Q}^n$
1	1	↓	1	0	1	0
1	1	↓	0	1	0	1
1	1	↓	1	1	$\overline{Q}^n$	Q^n
1	1	↑	×	×	Q^n	$\overline{Q}^n$

注：×— 任意态；↓— 高到低电平跳变；↑— 低到高电平跳变；

$Q^n(\overline{Q}^n)$— 现态；$Q^{n+1}(\overline{Q}^{n+1})$— 次态；φ— 不定态。

JK 触发器常被用作缓冲存储器，移位寄存器和计数器。

2. D 触发器

在输入信号为单端的情况下，D 触发器用起来最为方便，其状态方程为 $Q^{n+1}=D^n$，其输出状态的更新发生在 CP 脉冲的上升沿，故又称为上升沿触发的边沿触发器，触发器的状态只取决于时钟到来前 D 端的状态，D 触发器的应用很广，可用作数字信号的寄存，移位寄存，分频和波形发生等。有很多种型号可供各种用途的需要而选用。如双 D 74LS74、四 D 74LS175、六 D 74LS174 等。

图 3.4.2 所示为双 D 74LS74 的引脚排列及逻辑图形符号，功能如表 3.4.2 所示。

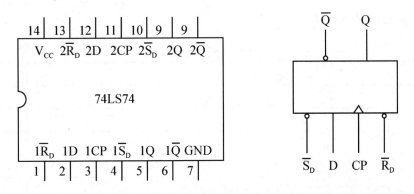

图 3.4.2　74LS74 引脚排列及逻辑图形符号

表 3.4.2 双 D74LS74 的功能表

输 入				输 出	
$\overline{S}_D$	$\overline{R}_D$	CP	D	Q^{n+1}	$\overline{Q}^{n+1}$
0	1	×	×	1	0
1	0	×	×	0	1
0	0	×	×	φ	φ
1	1	↑	1	1	0
1	1	↑	0	0	1
1	1	↓	×	Q^n	$\overline{Q}^n$

3. 触发器之间的相互转换

在集成触发器的产品中，每一种触发器都有自己固定的逻辑功能。但可以利用转换的方法获得具有其他功能的触发器。例如将 JK 触发器的 J、K 两端连在一起，并认它为 T 端，就得到所需的 T 触发器，如图 3.4.3(a)所示，其状态方程为 $Q^{n+1} = T\overline{Q^n} + \overline{T}Q^n$。

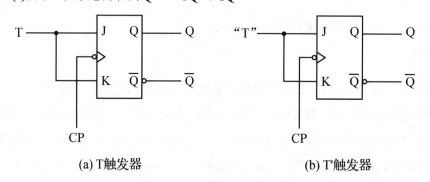

(a) T触发器　　　　　　　　　　(b) T'触发器

图 3.4.3　JK 触发器转换为 T、T′触发器

T 触发器的功能如表 3.4.3 所示。

表 3.4.3 T 触发器的功能表

输 入				输 出
$\overline{S_D}$	$\overline{R_D}$	CP	T	Q^{n+1}
0	1	×	×	1
1	0	×	×	0
1	1	↓	0	Q^n
1	1	↓	1	$\overline{Q^n}$

由功能表可见，当 T＝0 时，时钟脉冲作用后，其状态保持不变；当 T＝1 时，时钟脉冲作用后，触发器状态翻转。所以，若将 T 触发器的 T 端置"1"，如图 3.4.3(b)所示，即得 T′触发器。在 T′触发器的 CP 端每来一个 CP 脉冲信号，触发器的状态就翻转一次，故称之为反转触发器，广泛用于计数

电路中。

同样，若将 D 触发器 $\overline{Q}$ 端与 D 端相连，便转换成 T 触发器，如图 3.4.4 所示。JK 触发器也可转换为 D 触发器，如图 3.4.5 所示。

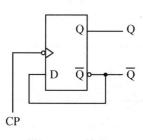

图 3.4.4　D 转成 T

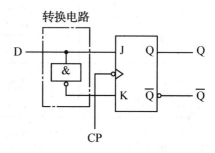

图 3.4.5　JK 转成 D

【实验设备与器件】

(1) ＋5V 直流电源；

(2) 双踪示波器；

(3) 连续脉冲源；

(4) 单次脉冲源；

(5) 逻辑电平开关；

(6) 逻辑电平显示器；

(7) 集成块 74LS112(或 CC4027)，74LS00(或 CC4011)，74LS74(或 CC4013)。

【实验内容】

1. 测试双 JK 触发器 74LS112 逻辑功能

1) 测试 $\overline{R}_D$、$\overline{S}_D$ 的复位、置位功能

任取一只 JK 触发器，$\overline{R}_D$、$\overline{S}_D$、J、K 端接逻辑开关输出插口，CP 端接单次脉冲源，Q、$\overline{Q}$ 端接至逻辑电平显示输入插口。要求改变 $\overline{R}_D$，$\overline{S}_D$(J、K、CP 处于任意状态)，并在 $\overline{R}_D=0(\overline{S}_D=1)$ 或 $\overline{S}_D=0(\overline{R}_D=1)$ 作用期间任意改变 J、K 及 CP 的状态，观察 Q、$\overline{Q}$ 状态。自拟表格并记录之。

2) 测试 JK 触发器的逻辑功能

按表 3.4.4 的要求改变 J、K、CP 端状态，观察 Q、$\overline{Q}$ 状态变化，观察触发器状态更新是否发生在 CP 脉冲的下降沿(即 CP 由 1→0)，记录之。

3) 将 JK 触发器的 J、K 端连在一起，构成 T 触发器

在 CP 端输入 1Hz 连续脉冲，观察 Q 端的变化。

在 CP 端输入 1kHz 连续脉冲，用双踪示波器观察 CP、Q、$\overline{Q}$ 端波形，注意相位关系，描绘之。

表 3.4.4　测试要求

J	K	CP	Q^{n+1}	
			$Q^n=0$	$Q^n=1$
0	0	0→1		
		1→0		
0	1	0→1		
		1→0		
1	0	0→1		
		1→0		
1	1	0→1		
		1→0		

2. 测试双 D 触发器 74LS74 的逻辑功能

1) 测试 $\overline{R}_D$、$\overline{S}_D$ 的复位、置位功能

测试方法同实验内容同上，自拟表格记录。

2) 测试 D 触发器的逻辑功能

按表 3.4.5 要求进行测试，并观察触发器状态更新是否发生在 CP 脉冲的上升沿(即由 0→1)，记录之。

表 3.4.5　测试要求

D	CP	Q^{n+1}	
		$Q^n=0$	$Q^n=1$
0	0→1		
	1→0		
1	0→1		
	1→0		

3) 将 D 触发器的 $\overline{Q}$ 端与 D 端相连接，构成 T 触发器

测试方法同实验内容同上，记录之。

3. 双相时钟脉冲电路

用 JK 触发器及与非门构成的双相时钟脉冲电路如图 3.4.6 所示，此电路是用来将时钟脉冲 CP 转换成两相时钟脉冲 CP_A 及 CP_B，其频率相同、相位不同。

分析电路工作原理，并按图 3.4.6 所示接线，用双踪示波器同时观察 CP、CP_A；CP、CP_B 及 CP_A、

CP$_B$ 波形，并描绘之。

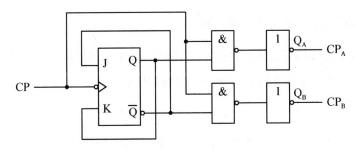

图 3.4.6　双相时钟脉冲电路

4. 乒乓球练习电路

电路功能要求：模拟两名动运员在练球时，乒乓球能往返运转。

提示：采用双 D 触发器 74LS74 设计实验线路，两个 CP 端触发脉冲分别由两名运动员操作，两触发器的输出状态用逻辑电平显示器显示。

【实验报告】

(1) 列表整理各类触发器的逻辑功能。

(2) 总结观察到的波形，说明触发器的触发方式。

(3) 体会触发器的应用。

(4) 利用普通的机械开关组成的数据开关所产生的信号是否可作为触发器的时钟脉冲信号？为什么？是否可以用作触发器的其他输入端的信号？又是为什么？

实验五　计数器及其应用

【实验目的】

(1) 掌握 CC40192 等中规模集成计数器的使用及功能测试方法。

(2) 掌握用集成触发器构成计数器的方法。

(3) 运用集成计数计构成 1/N 分频器。

【实验预习要求】

(1) 复习有关计数器部分内容。

(2) 绘出各实验内容的详细线路图。

(3) 拟出各实验内容所需的测试记录表格。

(4) 查手册，给出并熟悉实验所用各集成块的引脚排列图。

【实验设计范例】

1. 用 D 触发器构成异步二进制加／减计数器

图 3.5.1 所示是用四个 D 触发器构成的四位二进制异步减法计数器，其连接特点是将每个 D 触发器接成 T′ 触发器，再由低位触发器的 Q 端和高一位的 CP 端相连接。

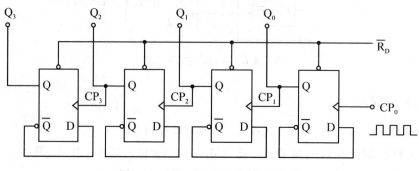

图 3.5.1　四位二进制异步减法计数器

若将图 3.5.1 稍加改动，即将低位触发器的 $\overline{Q}$ 端与高一位的 CP 端相连接，即构成了一个四位二进制加法计数器。

2. 中规模十进制计数器

CC40192 是同步十进制可逆计数器，具有双时钟输入，并具有清除和置数等功能，其引脚排列及逻辑图形符号如图 3.5.2 所示。

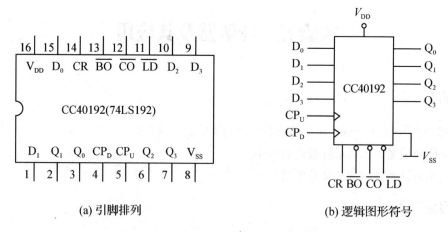

(a) 引脚排列　　　　　　　　　　(b) 逻辑图形符号

图 3.5.2　CC40192 引脚排列及逻辑图形符号

图中：

$\overline{LD}$ —置数端，CP_U —加计数端，CP_D —减计数端，$\overline{CO}$ —非同步进位输出端，$\overline{BO}$ —非同步借位输出端；

D_0、D_1、D_2、D_3 —计数器输入端；

Q_0、Q_1、Q_2、Q_3 —数据输出端；

CR—清除端。

CC40192(同 74LS192，二者可互换使用)的功能如表 3.5.1 所示。

表 3.5.1 CC40192 的功能列表

输 入								输 出			
CR	$\overline{LD}$	CP_U	CP_D	D_3	D_2	D_1	D_0	Q_3	Q_2	Q_1	Q_0
1	×	×	×	×	×	×	×	0	0	0	0
0	0	×	×	d	c	b	a	d	c	b	a
0	1	↑	1	×	×	×	×	加 计 数			
0	1	1	↑	×	×	×	×	减 计 数			

说明如下：

当清除端 CR 为高电平"1"时，计数器直接清零；CR 置低电平则执行其他功能。

当 CR 为低电平，置数端 $\overline{LD}$ 也为低电平时，数据直接从置数端 D_0、D_1、D_2、D_3 置入计数器。

当 CR 为低电平，$\overline{LD}$ 为高电平时，执行计数功能。执行加计数时，减计数端 CP_D 接高电平，计数脉冲由 CP_U 输入；在计数脉冲上升沿进行 8421BCD 码十进制加法计数。执行减计数时，加计数端 CP_U 接高电平，计数脉冲由减计数端 CP_D 输入，表 3.5.2 为 8421 码十进制加、减计数器的状态转换表。

加法计数

$\longrightarrow$

表 3.5.2 8421 码十进制加减计数器的状态转换表

输入脉冲数		0	1	2	3	4	5	6	7	8	9
输出	Q_3	0	0	0	0	0	0	0	0	1	1
	Q_2	0	0	0	0	1	1	1	1	0	0
	Q_1	0	0	1	1	0	0	1	1	0	0
	Q_0	0	1	0	1	0	1	0	1	0	1

$\longleftarrow$

减法计数

3. 计数器的级联使用

一个十进制计数器只能表示 0~9 十个数，为了扩大计数器范围，常用多个十进制计数器级联使用。同步计数器往往设有进位(或借位)输出端，故可选用其进位(或借位)输出信号驱动下一级计数器。

图 3.5.3 是由 CC40192 利用进位输出 $\overline{CO}$ 控制高一位的 CP_U 端构成的加数级联图。

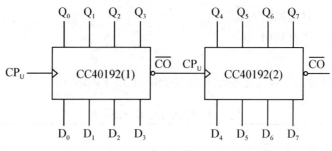

图 3.5.3　　CC40192 级联电路

4. 实现任意进制计数

1) 用复位法获得任意进制计数器

假定已有 N 进制计数器，而需要得到一个 M 进制计数器时，只要 M<N，用复位法使计数器计数到 M 时置"0"，即获得 M 进制计数器。图 3.5.4 所示为一个由 CC40192 十进制计数器接成的 5 进制计数器。

2) 利用预置功能获 M 进制计数器

图 3.5.5 所示为用三个 CC40192 组成的 842 进制计数器。

外加的由与非门构成的锁存器可以克服器件计数速度的离散性，保证在反馈置"0"信号作用下计数器可靠置"0"。

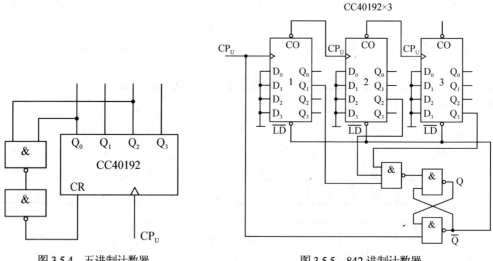

图 3.5.4　　五进制计数器　　　　　　　图 3.5.5　　842 进制计数器

图 3.5.6 所示是一个特殊十二进制的计数器电路方案。在数字钟里，对十位的计数序列是 1、2、…、11、12、1、…是十二进制的，且无 0 数。如图 3.5.6 所示，当计数到 13 时，通过与非门产生一个复位信号，使 CC40192(2)(十位)直接置成 0000，而 CC40192(1)——(个位)直接置成 0001，从而实现了 1～12 的计数。

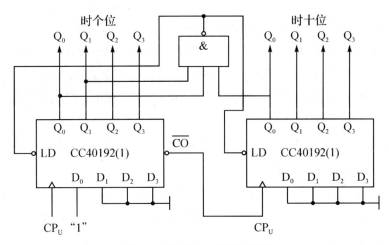

图 3.5.6　特殊十二进制计数器

【实验设备与器件】

(1) ＋5V 直流电源;

(2) 双踪示波器;

(3) 连续脉冲源;

(4) 单次脉冲源;

(5) 逻辑电平开关;

(6) 逻辑电平显示器;

(7) 译码显示器;

(8) 集成块 CC4013×2(74LS74), CC40192×3(74LS192), CC4011(74LS00), CC4012 (74LS20)。

【实验内容】

1. 设计四位二进制异步加法

用 CC4013 或 74LS74 D 触发器构成四位二进制异步加法计数器。

(1) 按图 3.5.1 所示接线, $\overline{R}_D$ 接至逻辑开关输出插口, 将低位 CP_0 端接单次脉冲源, 输出端 Q_3、Q_2、Q_3、Q_1 接逻辑电平显示输入插口, 各 $\overline{S}_D$ 接高电平 "1"。

(2) 清零后, 逐个送入单次脉冲, 观察并列表记录 $Q_3 \sim Q_0$ 的状态。

(3) 将单次脉冲改为 1Hz 的连续脉冲, 观察 $Q_3 \sim Q_0$ 的状态。

(4) 将 1Hz 的连续脉冲改为 1kHz, 用双踪示波器观察 CP、Q_3、Q_2、Q_1、Q_0 端波形, 描绘之。

(5) 将图 3.5.1 电路中的低位触发器的 Q 端与高一位的 CP 端相连接, 构成减法计数器, 按实验内容(2), (3), (4)进行实验, 观察并列表记录 $Q_3 \sim Q_0$ 的状态。

2. 设计一位十二进制加法计数器

用 CC40192 或 74LS20 和二位 8421BCD 码数显示电路, 设计数显 1～12 数字的一位十二进制加法计数器电路。

计数脉冲由单次脉冲源提供，清除端 CR、置数端 $\overline{\text{LD}}$、数据输入端 D_3、D_2、D_1、D_0 分别接逻辑开关，输出端 Q_3、Q_2、Q_1、Q_0 接实验设备的一个译码显示输入相应插口 A、B、C、D；$\overline{\text{CO}}$ 和 $\overline{\text{BO}}$ 接逻辑电平显示插口。按表 3.5.1 逐项测试并判断该集成块的功能是否正常。

(1) 清除。令 CR＝1，其他输入为任意态，这时 $Q_3Q_2Q_1Q_0$＝0000，译码数字显示为 0。清除功能完成后，置 CR＝0。

(2) 置数。CR＝0，CP_U，CP_D 任意，数据输入端输入任意一组二进制数，令 $\overline{\text{LD}}$＝0，观察计数译码显示输出，予置功能是否完成，此后置 $\overline{\text{LD}}$＝1。

(3) 加计数。CR＝0，$\overline{\text{LD}}$＝CP_D＝1，CP_U 接单次脉冲源。清零后送入 10 个单次脉冲，观察译码数字显示是否按 8421 码十进制状态转换表进行；输出状态变化是否发生在 CP_U 的上升沿。

(4) 减计数。CR＝0，$\overline{\text{LD}}$＝CP_U＝1，CP_D 接单次脉冲源。参照(3)进行实验。

3. 其他实验

(1) 按图 3.5.4 所示，用两片 CC40192 组成两位十进制加法计数器，输入 1Hz 连续计数脉冲，进行由 00～99 累加计数，记录之。

(2) 将两位十进制加法计数器改为两位十进制减法计数器，实现由 99～00 递减计数，记录之。

(3) 按图 3.5.5 所示电路进行实验，记录之。

(4) 按图 3.5.6 所示电路，记录之。

(5) 设计一个数字钟移位六十进制计数器并进行实验。

实验六　移位寄存器及其应用

【实验目的】

(1) 熟悉中规模四位双向移位寄存器 CC40194 逻辑功能。
(2) 掌握中规模四位双向移位寄存器 CC40194 使用方法。
(3) 熟悉移位寄存器的应用——实现数据的串行、并行转换和构成环形计数器。

【实验预习要求】

(1) 复习有关寄存器及串行、并行转换器有关内容。
(2) 查阅 CC40194、CC4011 及 CC4068 逻辑线路。熟悉其逻辑功能及引脚排列。
(3) 在对 CC40194 进行送数后，若要使输出端改成另外的数码，是否一定要使寄存器清零？
(4) 使寄存器清零，除采用 $\overline{C}_R$ 输入低电平外，可否采用右移或左移的方法？可否使用并行送数法？若可行，如何进行操作？
(5) 若进行循环左移，图 3.6.4 接线应如何改接？
(6) 画出用两片 CC40194 构成的七位左移串/并行转换器线路。

(7) 画出用两片 CC40194 构成的七位左移并/串行转换器线路。

【实验设计范例】

1. 移位寄存器及其集成块

移位寄存器是一个具有移位功能的寄存器,是指寄存器中所存的代码能够在移位脉冲的作用下依次左移或右移。既能左移又能右移的称为双向移位寄存器,只需要改变左、右移的控制信号便可实现双向移位要求。根据移位寄存器存取信息的方式不同分为:串入串出、串入并出、并入串出、并入并出四种形式。

本实验选用的四位双向通用移位寄存器,型号为 CC40194 或 74LS194,两者功能相同,可互换使用,其逻辑图形符号及引脚排列如图 3.6.1 所示。

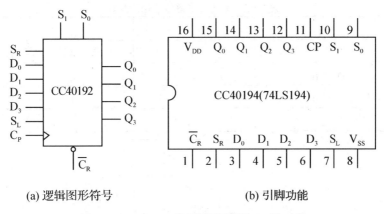

(a) 逻辑图形符号　　　　　　　　　　(b) 引脚功能

图 3.6.1　CC40194 的逻辑图形符号及引脚功能

其中 D_0、D_1、D_2、D_3 为并行输入端;Q_0、Q_1、Q_2、Q_3 为并行输出端;S_R 为右移串行输入端,S_L 为左移串行输入端;S_1、S_0 为操作模式控制端;$\overline{C_R}$ 为直接无条件清零端;CP 为时钟脉冲输入端。

CC40194 有五种不同操作模式:即并行送数寄存,右移(方向由 $Q_0 \rightarrow Q_3$),左移(方向由 $Q_3 \rightarrow Q_0$),保持及清零。S_1、S_0 和 $\overline{C_R}$ 端的控制作用如表 3.6.1 所示。

表 3.6.1　S_1、S_0 和 $\overline{C_R}$ 的控制作用

功能	输入										输出			
	CP	$\overline{C_R}$	S_1	S_0	S_R	S_L	D_0	D_1	D_2	D_3	Q_0	Q_1	Q_2	Q_3
清除	×	0	×	×	×	×	×	×	×	×	0	0	0	0
送数	↑	1	1	1	×	×	a	b	c	d	a	b	c	d
右移	↑	1	0	1	D_{SR}	×	×	×	×	×	D_{SR}	Q_0	Q_1	Q_2
左移	↑	1	1	0	×	D_{SL}	×	×	×	×	Q_1	Q_2	Q_3	D_{SL}
保持	↑	1	0	0	×	×	×	×	×	×	Q_0^n	Q_1^n	Q_2^n	Q_3^n
保持	↓	1	×	×	×	×	×	×	×	×	Q_0^n	Q_1^n	Q_2^n	Q_3^n

2. 移位寄存器的应用

移位寄存器应用很广，可构成移位寄存器型计数器；顺序脉冲发生器；串行累加器；可用作数据转换，即把串行数据转换为并行数据，或把并行数据转换为串行数据等。本实验研究移位寄存器用作环形计数器和数据的串、并行转换。

1) 环形计数器

把移位寄存器的输出反馈到它的串行输入端，就可以进行循环移位，如图 3.6.2 所示，把输出端 Q_3 和右移串行输入端 S_R 相连接，设初始状态 $Q_0Q_1Q_2Q_3=1000$，则在时钟脉冲作用下 $Q_0Q_1Q_2Q_3$ 将依次变为 0100→0010→0001→1000→…，如表 3.6.2 所示，可见它是一个具有四个有效状态的计数器，这种类型的计数器通常称为环形计数器。图 3.6.2 所示电路可以由各个输出端输出在时间上有先后顺序的脉冲，因此也可作为顺序脉冲发生器。

表 3.6.2 环形计数器值变化示意表

CP	Q_0	Q_1	Q_2	Q_3
0	1	0	0	0
1	0	1	0	0
2	0	0	1	0
3	0	0	0	1

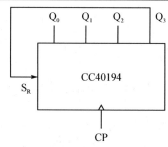

图 3.6.2 环形计数器

如果将输出 Q_0 与左移串行输入端 S_L 相连接，即可进行左移循环移位。

2) 实现数据串、并行转换

(1) 串行/并行转换器。串行/并行转换是指串行输入的数码，经转换电路之后变换成并行输出。图 3.6.3 是用二片 CC40194(74LS194)四位双向移位寄存器组成的六位串/并行数据转换电路。

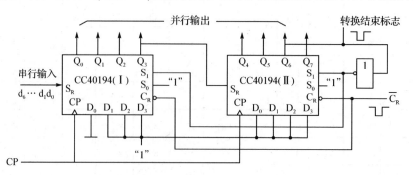

图 3.6.3 六位串行—并行转换器

　　电路中 S_0 端接高电平 1，S_1 受 Q_6 控制，二片寄存器连接成串行输入右移工作模式。Q_6 是转换结束标志。当 $Q_6=1$ 时，S_1 为 0，使之成为 $S_1S_0=01$ 的串入右移工作方式，当 $Q_6=0$ 时，$S_1=1$，有 $S_1S_0=10$，则串行送数结束，标志着串行输入的数据已转换成并行输出了。

　　串行—并行转换的具体过程如下：

　　转换前，$\overline{C}_R$ 端加低电平，使 1、2 两片寄存器的内容清 0，此时 $S_1S_0=11$，寄存器执行并行输入工作方式。当第一个 CP 脉冲到来后，寄存器的输出状态 $Q_0 \sim Q_7$ 为 01111111，与此同时 S_1S_0 变为 01，转换电路变为执行串入右移工作方式，串行输入数据由 1 片的 S_R 端加入。随着 CP 脉冲的依次加入，输出状态的变化可列成表 3.6.3 所示。

表 3.6.3　输出状态变化表

CP	Q_0	Q_1	Q_2	Q_3	Q_4	Q_5	Q_6	Q_7	说明
0	0	0	0	0	0	0	0	0	清零
1	0	1	1	1	1	1	1	1	送数
2	d_0	0	1	1	1	1	1	1	右
3	d_1	d_0	0	1	1	1	1	1	移
4	d_2	d_1	d_0	0	1	1	1	1	操
5	d_3	d_2	d_1	d_0	0	1	1	1	作
6	d_4	d_3	d_2	d_1	d_0	0	1	1	七
7	d_5	d_4	d_3	d_2	d_1	d_0	0	1	次
8	d_6	d_5	d_4	d_3	d_2	d_1	d_0	0	
9	0	1	1	1	1	1	1	1	送数

　　由表 3.6.3 可见，右移操作七次之后，Q_7 变为 0，S_1S_0 又变为 11，说明串行输入结束。这时，串行输入的数码已经转换成了并行输出了。

　　当再来一个 CP 脉冲时，电路又重新执行一次并行输入，为第二组串行数码转换做好了准备。

　　(2) 并行—串行转换器。并行—串行转换器是指并行输入的数码经转换电路之后，换成串行输出。

　　图 3.6.4 所示是用两片 CC40194(74LS194) 组成的七位并行/串行转换电路，比图 3.6.3 多了两只与非门 G_1 和 G_2，电路工作方式同样为右移。

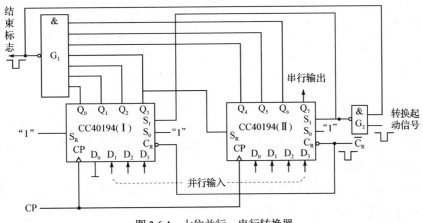

图 3.6.4　七位并行—串行转换器

寄存器清"0"后，加一个转换启动信号(负脉冲或低电平)。此时，由于方式控制 S_1S_0 为 11，转换电路执行并行输入操作。当第一个 CP 脉冲到来后，$Q_0Q_1Q_2Q_3Q_4Q_5Q_6Q_7$ 的状态为 $0D_1D_2D_3D_4D_5D_6D_7$，并行输入数码存入寄存器。从而使得 G_1 输出为 1，G_2 输出为 0，结果，S_1S_2 变为 01，转换电路随着 CP 脉冲的加入，开始执行右移串行输出，随着 CP 脉冲的依次加入，输出状态依次右移，待右移操作七次后，$Q_0\sim Q_6$ 的状态都为高电平 1，与非门 G_1 输出为低电平，G_2 门输出为高电平，S_1S_2 又变为 11，表示并/串行转换结束，且为第二次并行输入创造了条件。转换过程如表 3.6.4 所示。

表 3.6.4 转换过程示意表

CP	Q_0	Q_1	Q_2	Q_3	Q_4	Q_5	Q_6	Q_7	串 行 输 出				
0	0	0	0	0	0	0	0	0					
1	0	D_1	D_2	D_3	D_4	D_5	D_6	D_7					
2	1	0	D_1	D_2	D_3	D_4	D_5	D_6					
3	1	1	0	D_1	D_2	D_3	D_4	D_5					
4	1	1	1	0	D_1	D_2	D_3	D_4					
5	1	1	1	1	0	D_1	D_2	D_3					
6	1	1	1	1	1	0	D_1	D_2					
7	1	1	1	1	1	1	0	D_1					
8	1	1	1	1	1	1	1	0					
9	0	D_1	D_2	D_3	D_4	D_5	D_6	D_7					

中规模集成移位寄存器，其位数往往以四位居多，当需要的位数多于四位时，可把几片移位寄存器用级联的方法来扩展位数。

【实验设备与器件】

(1) +5V 直流电源；

(2) 单次脉冲源；

(3) 逻辑电平开关；

(4) 逻辑电平显示器；

(5) 集成块 CC40194×2(74LS194)，CC4011(74LS00)，CC4068(74LS30)。

【实验内容】

(1) 用 CC40194 设计一个右移环形计数器，设初始状态 $Q_0Q_1Q_2Q_3$=1000。

(2) 实现数据的串、并行转换：

① 串行输入、并行输出。按图 3.6.3 所示接线，进行右移串入、并出实验，串入数码自定；改接线路用左移方式实现并行输出。自拟表格，记录之。

② 并行输入、串行输出。按图 3.6.4 所示接线，进行并入右移、串出实验，并入数码自定。再改接线路用左移方式实现串行输出。自拟表格，记录之。

【实验报告】

(1) 根据实验内容(2)的结果，画出四位环形计数器的状态转换图及波形图。

(2) 根据实验内容(2)分析串—并、并—串转换器所得结果的正确性。

实验七　555 时基电路及其应用

【实验目的】

(1) 熟悉 555 型集成时基电路结构、工作原理及其特点。

(2) 掌握 555 型集成时基电路的基本应用。

【实验预习要求】

(1) 复习有关 555 定时器的工作原理及其应用。

(2) 如何用示波器测定施密特触发器的电压传输特性曲线？

(3) 拟定实验中所需的数据、表格等，拟定各次实验的步骤和方法。

【实验设计范例】

1. 555 电路的工作原理

555 电路的内部电路框图如图 3.7.1 所示。它含有两个电压比较器 A_1、A_2——分别使高电平比较器 A_1 的同相输入端和低电平比较器 A_2 的反相输入端的参考电平为 $\frac{2}{3}V_{cc}$ 和 $\frac{1}{3}V_{cc}$(即 $U_{A1(+)}=\frac{2}{3}V_{cc}$，$U_{A2(-)}=\frac{1}{3}V_{cc}$)。$A_1$ 与 A_2 的输出端控制 RS 触发器的状态和放电三极管的开关状态。当输入信号来自第 6 脚，即高电平触发输入并超过参考电平 $\frac{2}{3}V_{cc}$ 时，触发器复位，555 的输出端第 3 脚输出低电平，同时放电开关管导通；当输入信号来自第 2 脚输入并低于 $\frac{1}{3}V_{cc}$ 时，触发器置位，555 的第 3 脚输出高电平，同时放电开关管截止。$\overline{R}_D$ 是复位端(第 4 脚)，当 $\overline{R}_D$ =0 时，555 输出低电平。平时 $\overline{R}_D$ 端开路或接 V_{CC}，以保证 555 定时器的正常工作。

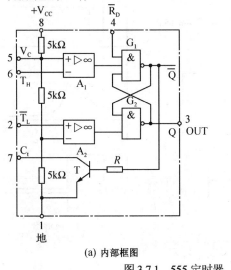

(a) 内部框图

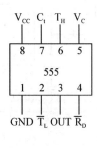

(b) 引脚排列

图 3.7.1　555 定时器

V_C是控制电压端(第 5 脚)，在不接外加电压时，输出为$\frac{2}{3}V_{CC}$作为比较器 A_1 的参考电平，通常接一个 0.01μF 的电容器到地，起滤波作用，用以消除外来的干扰，确保参考电平的稳定。若第 5 脚外接一个输入电压，即改变了比较器的参考电平，从而实现对输出的另一种控制。

T 为放电三极管，当 T 导通时，将给接于第 7 脚的电容器提供低阻放电通路。

555 定时器主要是与电阻、电容构成充放电电路，并由两个比较器来检测电容器上的电压，以确定输出电平的高低和放电开关管的通断。这就很方便地构成从微秒到数十分钟的延时电路，可方便地构成单稳态触发器、多谐振荡器、施密特触发器等脉冲产生或波形变换电路。

2. 555 定时器的典型应用

1) 构成单稳态触发器

图 3.7.2(a)所示为由 555 定时器和外接定时元件 R、C 构成的单稳态触发器。触发电路由 C_1、R_1、D 构成，其中 D 为钳位二极管，稳态时 555 电路输入端处于电源电平，T 导通，输出端 F 输出低电平，当有一个外部负脉冲触发信号经 C_1 加到 2 端。并使 2 端电位瞬时低于$\frac{1}{3}V_{CC}$，低电平比较器动作，单稳态电路即开始一个暂态过程，电容器 C 开始充电，V_C 按指数规律增长。当 V_C 充电到$\frac{2}{3}V_{CC}$时，高电平比较器动作，比较器 A_1 翻转，输出 V_o 从高电平返回低电平，T 重新导通，电容器 C 上的电荷很快经放电开关管放电，暂态结束，恢复稳态，为下个触发脉冲的来到作好准备。波形图如图 3.7.2(b)所示。暂稳态的持续时间 t_w(即为延时时间)为

$$t_w = 1.1RC$$

通过改变 R、C 的大小，可使延时时间在几个微秒到几十分钟之间变化。当这种单稳态电路作为计时器时，可直接驱动小型继电器，并可以使用复位端(第 4 脚)接地的方法来中止暂态，重新计时。此外尚须用一个续流二极管与继电器线圈并接，以防继电器线圈反电势损坏内部功率管。

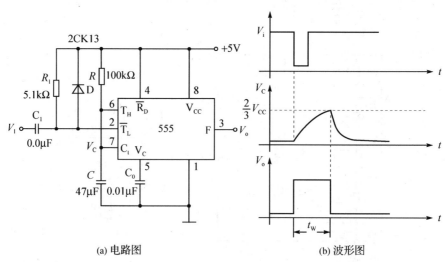

(a) 电路图　　　　　　　(b) 波形图

图 3.7.2　单稳态触发器

2) 构成多谐振荡器

如图 3.7.3(a)，由 555 定时器和外接元件 R_1、R_2、C 构成多谐振荡器，第 2 脚与第 6 脚直接相连。电路没有稳态，仅存在两个暂稳态，电路亦不需要外加触发信号，利用电源通过 R_1、R_2 向 C 充电，以及 C 通过 R_2 向放电端 C_t 放电，使电路产生振荡。电容器 C 在 $\frac{1}{3}V_{\mathrm{cc}}$ 和 $\frac{2}{3}V_{\mathrm{cc}}$ 之间充电和放电，其波形如图 3.7.3(b)所示。输出信号的时间参数是

$$T = t_{\mathrm{w1}} + t_{\mathrm{w2}}, \quad t_{\mathrm{w1}} = 0.7(R_1 + R_2)C, \quad t_{\mathrm{w2}} = 0.7R_2C$$

555 电路要求 R_1 与 R_2 均应 $\geqslant 1\mathrm{k}\Omega$，但 $R_1 + R_2$ 应 $\leqslant 3.3\mathrm{M}\Omega$。

外部元件的稳定性决定了多谐振荡器的稳定性，555 定时器配以少量的元件即可获得较高精度的振荡频率和具有较强的功率输出能力，因此这种形式的多谐振荡器应用很广。

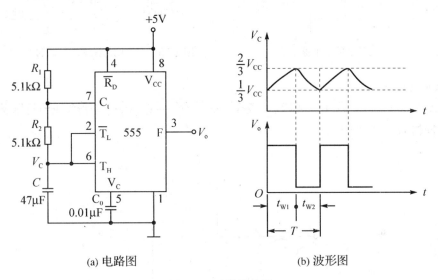

(a) 电路图　　　　　　　　(b) 波形图

图 3.7.3　多谐振荡器

3) 组成占空比可调的多谐振荡器

电路如图 3.7.4 所示，它比图 3.7.3 所示电路增加了一个电位器 R_w 和两个导引二极管 D_1、D_2。D_1、D_2 用来决定电容器充、放电电流流经电阻的途径(充电时 D_1 导通，D_2 截止；放电时 D_2 导通，D_1 截止)。多谐振荡器的占空比为

$$P = \frac{t_{w1}}{t_{w1} + t_{w2}} \approx \frac{0.7R_A C}{0.7C(R_A + R_B)} = \frac{R_A}{R_A + R_B}$$

可见，若取 $R_A = R_B$ 电路即可输出占空比为 50% 的方波信号。

4) 组成振荡频率和占空比均连续可调的多谐振荡器

电路如图 3.7.5 所示。对 C_1 充电时，充电电流通过 R_1、D_1、R_{w2} 和 R_{w1}；放电时通过 R_{W1}、R_{W2}、D_2、R_2。当 $R_1 = R_2$ 且 R_{W2} 调至中心点时，因充放电时间基本相等，其占空比约为 50%，此时调节 R_{W1} 仅改变频率，占空比不变。如 R_{W2} 调至偏离中心点，再调节 R_{W1}，不仅振荡频率改变，而且对占空比也有影响。R_{W1} 不变，调节 R_{W2}，仅改变占空比，对频率无影响。因此，当接通电源后，应首先调节

R_{W1} 使频率至规定值，再调节 R_{W2}，以获得需要的占空比。若频率调节的范围比较大，还可以用波段开关改变 C_1 的值。

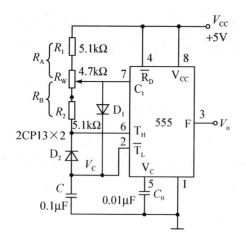

图 3.7.4　占空比可调的多谐振荡器

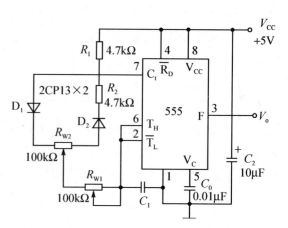

图 3.7.5　占空比与频率均可调的多谐振荡器

5) 组成施密特触发器

电路如图 3.7.6 所示，只要将引脚 2、6 连在一起作为信号输入端，即得到施密特触发器。图 3.7.7 示出了 V_s，V_i 和 V_O 的波形图。

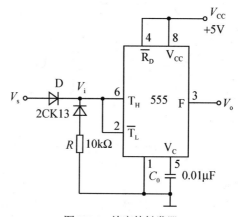

图 3.7.6　施密特触发器

设被整形变换的电压为正弦波 V_s，其正半波通过二极管 D 同时加到 555 定时器的第 2 脚和第 6 脚，得 V_i 为半波整流波形。当 V_i 上升到 $\frac{2}{3}V_{cc}$ 时，V_o 从高电平翻转为低电平；当 V_i 下降到 $\frac{1}{3}V_{cc}$ 时，V_o 又从低电平翻转为高电平。电路的电压传输特性曲线如图 3.7.8 所示。

回差电压为

$$\Delta V = \frac{2}{3}V_{cc} - \frac{1}{3}V_{cc} = \frac{1}{3}V_{cc}$$

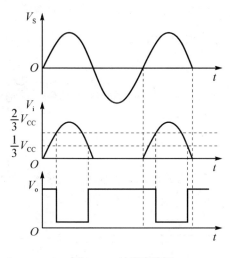

图 3.7.7　波形变换图

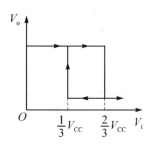

图 3.7.8　电压传输特性

【实验设备与器件】

(1) ＋5V 直流电源；

(2) 双踪示波器；

(3) 连续脉冲源；

(4) 单次脉冲源；

(5) 音频信号源；

(6) 数字频率计；

(7) 逻辑电平显示器；

(8) 集成块 555×2，二极管 2CK13×2；

(9) 电位器、电阻器、电容器若干。

【实验内容】

1. 多谐振荡器

用 555 定时器设计输出频率 1kHz 多谐振荡器电路，选用外围电阻、电容元件参数。

2. 单稳态触发器

(1) 按图 3.7.2 所示连线，取 R＝100kΩ，C＝47μF，输入信号 V_i 由单次脉冲源提供，用双踪示波器观测 V_i，V_C，V_O 波形。测定幅度与暂稳时间。

(2) 将 R 改为 1kΩ，C 改为 0.1μF，输入端加 1kHz 的连续脉冲，观测波形 V_i，V_C，V_O，测定幅度及暂稳时间。

3. 多谐振荡器

(1) 按图 3.7.3 所示接线，用双踪示波器观测 V_C 与 V_O 的波形，测定频率。

(2) 按图 3.7.4 所示接线，组成占空比为 50%的方波信号发生器。观测 V_C，V_O 波形，测定波形参数。

(3) 按图 3.7.5 所示接线，通过调节 R_{W1} 和 R_{W2} 来观测输出波形。

4. 施密特触发器

按图 3.7.6 所示接线，输入信号由音频信号源提供，预先调好 V_S 的频率为 1kHz，接通电源，逐渐加大 V_S 的幅度，观测输出波形，测绘电压传输特性，算出回差电压 ΔU。

5. 模拟声响电路

按图 3.7.9 所示接线，组成两个多谐振荡器，调节定时元件，使 Ⅰ 输出较低频率，Ⅱ 输出较高频率，连好线，接通电源，试听音响效果。调换外接阻容元件，再试听音响效果。

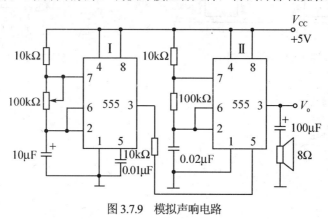

图 3.7.9　模拟声响电路

【实验报告】

(1) 绘出详细的实验线路图，定量绘出观测到的波形。
(2) 分析、总结实验结果。

实验八　智力竞赛抢答装置

【实验目的】

(1) 学习数字电路中 D 触发器、分频电路、多谐振荡器、CP 时钟脉冲源等单元电路的综合运用。
(2) 熟悉智力竞赛抢答器的工作原理。
(3) 了解简单数字系统实验、调试及故障排除方法。

【实验设计范例】

图 3.8.1 为供四人用的智力竞赛抢答装置线路，用以判断抢答优先权。

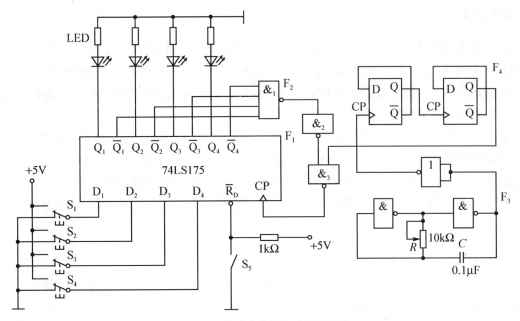

图 3.8.1　智力竞赛抢答装置原理图

图中：$S_1 \sim S_4$ 为四个抢答按钮开关；F_1 为四 D 触发器 74LS175，它具有公共置 0 端和公共 CP 端，引脚排列见附录；F_2 为双 4 输入与非门 74LS20；F_3 是由 74LS00 组成的多谐振荡器；F_4 是由 74LS74 组成的四分频电路，F_3、F_4 组成抢答电路中的 CP 时钟脉冲源，抢答开始时，由主持人清除信号，按下复位开关 S_5，74LS175 的输出 $Q_1 \sim Q_4$ 全为 0，所有发光二极管 LED 均熄灭，当主持人宣布"抢答开始"后，首先作出判断的参赛者立即按下按钮开关 $S_1 \sim S_4$，对应的发光二极管点亮，同时，通过与非门 F_2 送出信号锁住其余三个抢答者的电路，不再接受其他信号，直到主持人再次清除信号为止。

【实验预习要求】

(1) 设计电路，并简要书写设计程序。设计时须先设计并画出总体设计方案方框(模块)图，然后设计、画出各组成模块电路，最后设计、画出总电路图。设计电路的同时应选择使用的元器件。

(2) 画出实验电路图。

(3) 拟定功能测试与调试步骤。

【实验设备与器件】

(1) +5V 直流电源；

(2) 逻辑电平开关；

(3) 逻辑电平显示器；

(4) 1kH$_z$CP 脉冲源；

(5) 万用表；

(6) 集成块 74LS175、74LS20、74LS74、74LS00、74LS11、74LS32。

【实验内容】

设计三路致力竞赛抢答器电路，在试验箱上组装实验电路，调试出如下功能。

(1) 可容纳[1]、[2]、[3]三组参赛者抢答，每组设置一个抢答按钮供参赛者抢答使用。

(2) 应设置一个主持人发出抢答开始的信号按钮，在主持人按压该按钮后，发出抢答开始信号——一位数显器数码管显示数字 0。

(3) 应具有第一抢答信号的鉴别和锁存功能。在主持人按压抢答开始信号按钮，数码管显示数字 0 后，若某组参赛者在第一时间按压抢答按钮抢答成功，应立即将其输入锁存器自锁，同时闭锁其他组别的抢答信号，使之无效。通过编码、译码和数码显示电路显示出该组参赛者的组号。

(4) 若同时有两组及以上同时抢答时，应具有所有抢答信号无效的闭锁功能，此时数码管继续显示数字 0。

【实验报告】

(1) 分析智力竞赛抢答装置各部分功能及工作原理。

(2) 总结数字系统的设计、调试方法。

(3) 分析实验中出现的故障及解决办法。

实验九　Multisim 10 电路仿真

【Multisim 10 软件介绍】

Multisim 10 是美国国家仪器公司最新推出的 multisim 最新版本。Multisim 10 用软件的方法虚拟电子与电工元器件，虚拟电子与电工仪器和仪表，实现了"软件即元器件"、"软件即仪器"。Multisim 10 是一个原理电路设计、电路功能测试的虚拟仿真软件。Multisim 10 的元器件提供数千种电路元器件供试验选用，同时也可以新建或扩充已有的元器件库，而且建库所需的元器件参数可以从生产厂商的产品使用手册中查到，因此也很方便的在工程设计中使用。

Multisim 10 的虚拟测试仪器仪表种类齐全，有一般实验用的通用仪器，如万用表、函数信号发生器、双踪示波器、直流电源；而且还有一般实验室少有或没有的仪器，如伯得图仪、字信号发生器、逻辑分析仪、逻辑转换仪、失真仪、频谱分析仪和网络分析仪等。

Multisim 10 具有较为详细的电路分析功能，可以完成电路的瞬态分析和稳态分析、时域和频域分析、器件的线性和非线性分析、电路的噪声分析和失真分析、离散傅里叶分析、电路零极点分析、交直流灵敏度分析等电路分析方法，以帮助设计人员分析电路的性能。

Multisim 10 可以设计、测试和演示各种电子电路，包括电工学、模拟电路、数字电路、射频电路、微控制器和接口电路等。可以对被仿真的电路中的元器件设置各种故障，如开路、短路和不同程度的漏电等，从而观察不同故障情况下的电路工作状况。在进行仿真的同时，软件还可以存储测试点的所有数据，列出被仿真电路的所有元器件清单，以及存储测试仪器的工作状态、显示波形和具体数据等。

利用 multisim 10 可以实现计算机仿真设计与虚拟实验，与传统的电子电路设计与实验方法相比，具有如下特点：设计与实验可以同步进行，可以边设计边实验，修改调试方便；设计和实验的元器件及测试仪器仪表齐全，可以完成各种类型的电路设计与实验；可方便地对电路参数进行测试和分析；可直接打印输出实验数据、测试参数、曲线和电路原理图；实验中不消耗实际的元器件，实验所需元器件的种类和数量不受限制，实验成本低，实验速度快，效率高；设计和实验成功的电路可以直接在产品中使用。

Multisim 10 易学易用，便于电子信息、通信工程、自动化、电气控制类等专业学生自学，便于开展综合性的设计和实验，有利于培养综合分析能力、开发和创新的能力。

【Multisim 基本操作】

1. 主窗口界面

点击“开始”→“程序”→“National Instruments”→“Circuit Design Suite 10.0”→“Multisim”，即可启动 Multisim 10，可以看到图 3.9.1 所示的 Multisim 的主窗口。

Circuit1 - Multisim - [Circuit1]
File Edit View Place MCU Simulate Transfer Tools Reports Options Window Help
--- In Use List ---
Circuit1
Circuit1
Hierarchy
Visibility
Project View
Circuit1

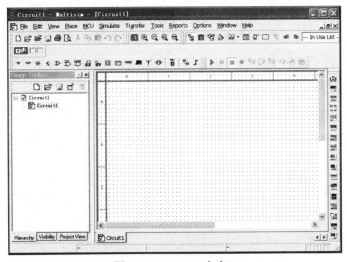

图 3.9.1　Multisim 主窗口

2. Multisim 菜单栏

其主菜单栏如图 3.9.2 所示。

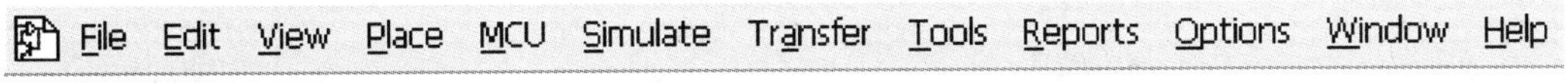

File Edit View Place MCU Simulate Transfer Tools Reports Options Window Help

图 3.9.2　Multisim 主菜单栏

Multisim 主菜单栏的命令菜单从左到右依次为：文件、编辑、视窗、放置、微控制器、仿真、文件输出、工具、报告、选项、窗口、帮助。每一个命令菜单的下拉菜单又提供了多种功能菜单。

1) File(文件)菜单

File 菜单提供了 19 条文件操作命令，如打开、保存和打印等，File 菜单中的命令及功能如图 3.9.3 所示。

2) Edit(编辑)菜单

Edit 菜单提供了 21 条文件操作命令，如剪切、复制和粘贴等，Edit 菜单中的命令及功能如图 3.9.4

所示。

图 3.9.3　File 菜单

图 3.9.4　Edit 菜单

3) View(视窗)菜单

View 菜单提供了 19 条文件操作命令，如全屏、放大和缩小等，View 菜单中的命令及功能如图
3.9.5 所示。

图 3.9.5　View 菜单　　　　　　　　　　　　　　图 3.9.6　Place 菜单

4) Place(放置)菜单

Place 菜单提供了 17 条文件操作命令，如元件、节点和总线等，Place 菜单中的命令及功能如图 3.9.6 所示。

5) MCU(微控制器)菜单

MCU 菜单提供了 11 条文件操作命令，如暂停、进入和离开等，MCU 菜单中的命令及功能如图 3.9.7 所示。

图 3.9.7　MCU 菜单

6) Simulate(仿真)菜单

Simulate 菜单提供了 18 条文件操作命令，如运行、分析和仿真等，Simulate 菜单中的命令及功能如图 3.9.8 所示。

图 3.9.8　Simulate 菜单

7) Transfer(文件输出)菜单

Transfer 菜单提供了 8 条文件操作命令，Transfer 菜单中的命令及功能如图 3.9.9 所示。

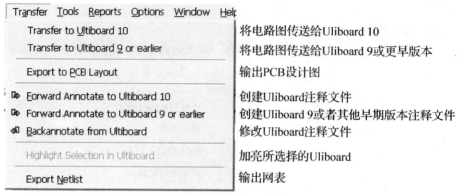

Transfer to Ultiboard 10	将电路图传送给Uliboard 10
Transfer to Ultiboard 9 or earlier	将电路图传送给Uliboard 9或更早版本
Export to PCB Layout	输出PCB设计图
Forward Annotate to Ultiboard 10	创建Uliboard注释文件
Forward Annotate to Ultiboard 9 or earlier	创建Uliboard 9或者其他早期版本注释文件
Backannotate from Ultiboard	修改Uliboard注释文件
Highlight Selection in Ultiboard	加亮所选择的Uliboard
Export Netlist	输出网表

图 3.9.9　Transfer 菜单

8) Tools(工具)菜单

Tools 菜单提供了 17 条文件操作命令，如元器件编辑和数据库等，Tools 菜单中的命令及功能如图 3.9.10 所示。

Component Wizard	元件编辑器
Database	数据库
Variant Manager	变量管理器
Set Active Variant	设置动态变量
Circuit Wizards	电路编辑器
Rename/Renumber Components	元件的重新命名/编号
Replace Components...	元件替换
Update Circuit Components...	更新电路元件
Update HB/SC Symbols	更新HB/SC符号
Electrical Rules Check	电气规则检验
Clear ERC Markers	清除ERC标志
Toggle NC Marker	设置NC标志
Symbol Editor...	符号编辑器
Title Block Editor...	工程图明细表比较器
Description Box Editor...	描述箱比较器
Edit Labels...	编辑标签
Capture Screen Area	抓屏显图范围

图 3.9.10　Tools 菜单

9) Reports(报告)菜单

Reports 菜单提供了 6 条文件操作命令，如材料清单和统计报告等，Reports 菜单中的命令及功能如图 3.9.11 所示。

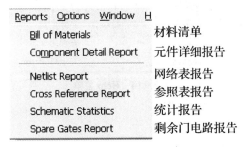

图 3.9.11　Reports 菜单

10) Options(选项)菜单

Options 菜单提供了 3 条文件操作命令，Options 菜单中的命令及功能如图 3.9.12 所示。

图 3.9.12　Options 菜单

11) Window(窗口)菜单

Window 菜单提供了 8 条文件操作命令，如新建窗口和关闭窗口等，Window 菜单中的命令及功能如图 3.9.13 所示。

图 3.9.13　Window 菜单

12) Help(帮助)菜单

Help 菜单为用户提供在线技术帮助和使用指导，Help 菜单中的命令及功能如图 3.9.14 所示。

图 3.9.14　Help 菜单

3. Multisim 工具栏

Multisim 常用工具栏如图 3.9.15 所示，用鼠标点击对应的图标即可实现对应的功能。

图 3.9.15　Multisim 常用工具栏

4. Multisim 元器件库栏

Multisim 元器件库栏如图 3.9.16 所示，用鼠标点击对应的图标即可打开对应的元器件库。

图 3.9.16　Multisim 元器件库栏

5. Multisim 仪器仪表栏

Multisim 仪器仪表栏如图 3.9.17 所示，用鼠标点击对应的图标即可打开对应的仪器仪表。

图 3.9.17　Multisim 仪器仪表栏

【Multisim 10 仿真实验一】

1. 逻辑分析

利用逻辑转换仪(Logic Converter)分析转换电路。如图 3.9.18 所示，从仪器仪表栏中选取逻辑转换仪，将逻辑表(真值表)输入逻辑转换仪中，将逻辑表(真值表)转换为最简表达式以及门电路连接图，并将结果记录下来。

2. 建立电路文件

逻辑电路由 TTL 门电路组成，首先从元件库中选择相应的与门、非门、与非门等，再将相应的输入端和输出端连接好，指示灯用发光二极管取代。图 3.9.19 所示为一参考电路，该电路由与非门组成，根据电路选择 74LS00N、74LS20N、LED 和电阻，再用导线连接号，然后依照电路图修改各元件参数。

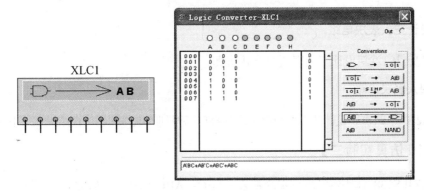

图 3.9.18　逻辑转换仪逻辑分析

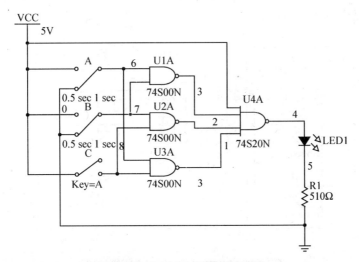

图 3.9.19　三人表决电路仿真电路

3. 调试电路、仿真并分析结果

根据图 3.9.19，以 A、B、C 模拟输入，开关接高电平"1"表示赞成，接低电平"0"表示否决，发光二极管 LED1 的亮与灭模拟表决结果。对应逻辑状态表(表 3.9.1 所示的真值表)进行仿真记录结果并分析。

表 3.9.1　三人表决电路的逻辑表

A	B	C	
0	0	0	
0	0	1	
0	1	0	
0	1	1	
1	0	0	
1	0	1	
1	1	0	
1	1	1	

4. 重新设计三人表决电路

改用与门及或门重新设计三人表决电路并仿真。

5. 设计四人表决电路

根据三人表决电路重新设计四人表决电路，并将自己得到的电路图和仿真结果记录下来。

【Multisim 10 仿真实验二】

(1) 仿真 74LS138 译码器实现逻辑函数 $Z = \overline{A}\,\overline{B}\,\overline{C} + \overline{A}B\overline{C} + A\overline{B}\overline{C} + ABC$ 建立电路文件。从元器件库中选取四输入与非门、74LS138、LED 和电阻，将元器件连接成图 3.9.20 所示的参考电路。

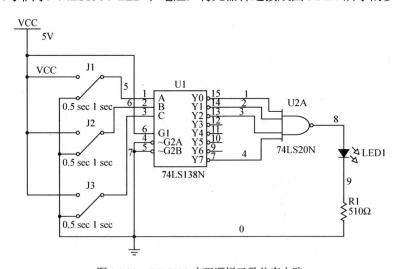

图 3.9.20　74LS138 实现逻辑函数仿真电路

调试、仿真并分析。如图 3.9.21 所示，以开关 A、B、C 输入 000~111 变量，观察 LED1 的亮灭，并记录下仿真结果。

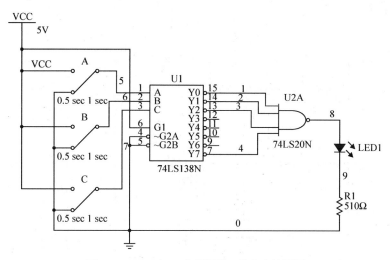

图 3.9.21　74LS138 实现逻辑函数仿真效果图

(2) 将 74LS20N 的输出端连接示波器，观察输出的波形并记录下来。

(3) 根据仿真实例，仿真 74LS138 实现其他的逻辑函数。将仿真电路图记录下来。

【Multisim 10 仿真实验三】

(1) 仿真 74LS151 实现逻辑函数 $F = A\overline{B} + \overline{A}C + B\overline{C}$

建立电路文件。从元器件库中选取 74LS151、LED 和电阻，将元器件连接成图 3.9.22 所示的电路。连接好后再从开关 J1、J2、J3 输入 000～111 变量，观察 LED1 的亮灭，并记录下仿真结果。

(2) 仿真 74LS153 实现逻辑函数 $F = \overline{A}BC + A\overline{B}C + AB\overline{C} + ABC$

建立电路文件。从元器件库中选取 74LS153、LED 和电阻，将元器件连接成图 3.9.23 所示的电路。连接好后再从开关 J1、J2、J3 输入 000～111 变量，观察 LED1 的亮灭，并记录下仿真结果。

(3) 选用其他的仪器仪表接到 74LS151 和 74LS153 的输出端，观察其输出的波形并记录下来。

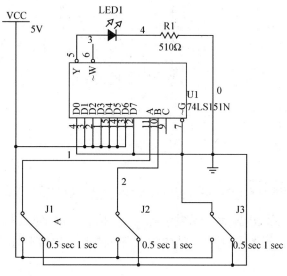

图 3.9.22　74LS151 实现逻辑函数仿真电路

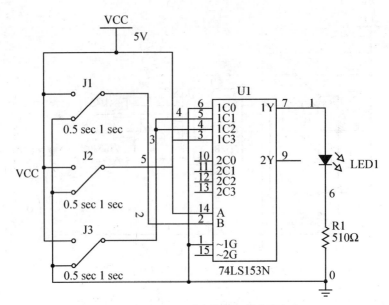

图 3.9.23　74LS153 实现逻辑函数仿真电路

【Multisim 10 仿真实验四】

选择 74LS175(四 D 触发器)、74LS00 连接成图 3.9.24 的可自启动的环形计数器,选择 X1 和 X2 作为输出显示,选用函数发生器 XFG1 提供时钟信号。全部连接好后开始调试、仿真,观察指示灯 X1 和 X2 的亮灭并自制表格记录下来。

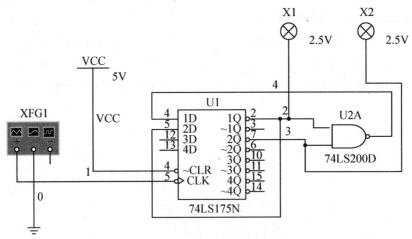

图 3.9.24　可自启动的环形计数器仿真电路

【Multisim 10 仿真实验五】

(1) 选取 74LS192、七段数码管和函数发生器 XFG1 按表 3.5.1 构成图 3.9.25 的加法计数器,电路连接好后进行调试、仿真。设置函数发生器 XFG1 的不同频率,提供不同周期的时钟脉冲,观察七段数码管数字的变化情况。

74LS74

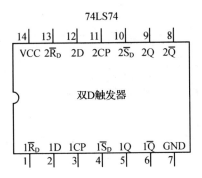

74LS02

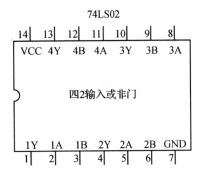

74LS90

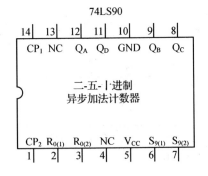

74LS112

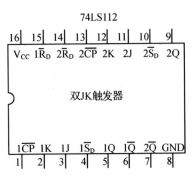

74LS125

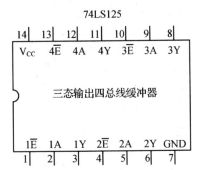

74LS138

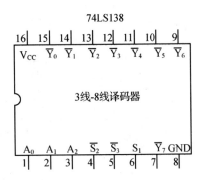

74LS151

74LS153

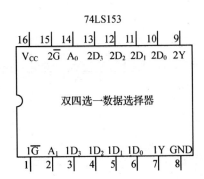

74LS175

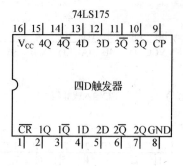

74LS192

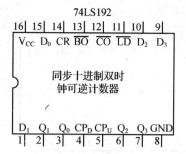

74LS193

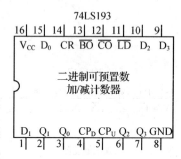

74LS194

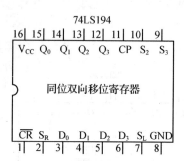

ADC0809

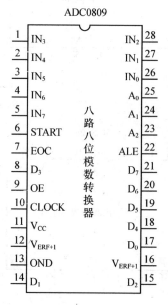

DAC0832

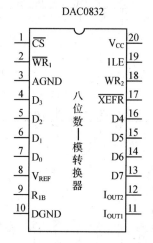

μA741运算放大器

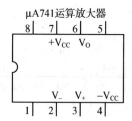

555时基电路

74LS161
4位二进制同步计数器

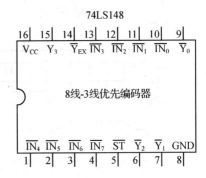

74LS148
8线-3线优先编码器

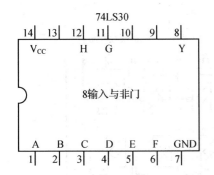

74LS30
8输入与非门

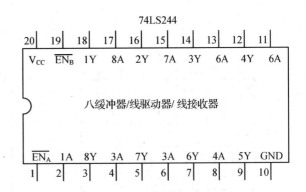

74LS244
八缓冲器/线驱动器/线接收器

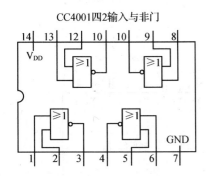

CC4001四2输入与非门

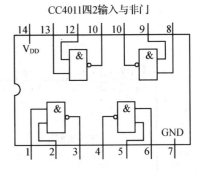

CC4011四2输入与非门

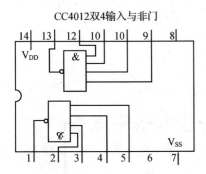

CC4012双4输入与非门

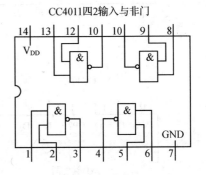

CC4011四2输入与非门

CC4071四2输入或门

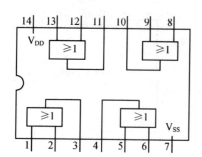

CC4081四2输入与门

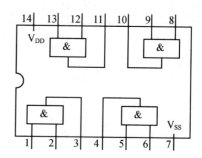

CC4069六反相器

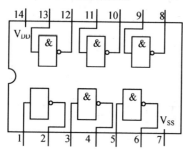

CC40106六施密特触发器

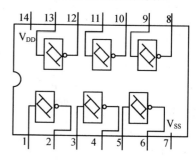

CC4027

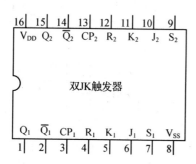

双JK触发器

CC4028

BCD-十进制译码器

CC4013

双D触发器

CC4042

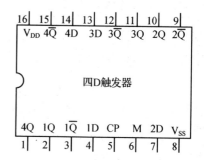

四D触发器

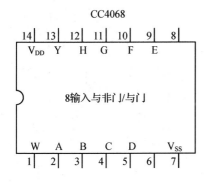

CC4068

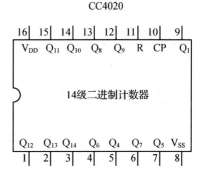

CC4020

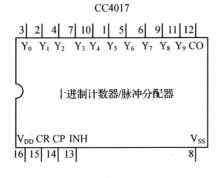

CC4017

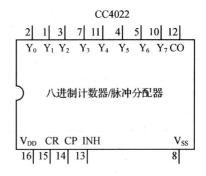

CC4022

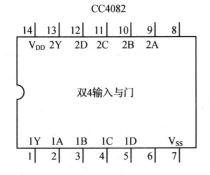

CC4082

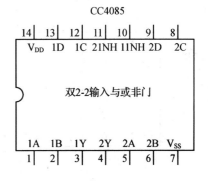

CC4085

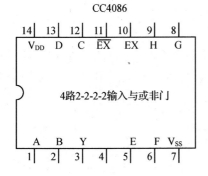

CC4086

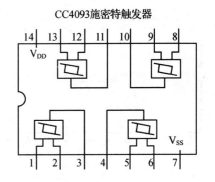

CC4093施密特触发器

CC14528(CC4098)

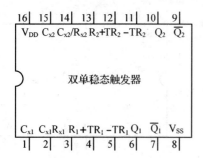

双时钟BCD可预置数
十进制同步加/减计数器

CC4024

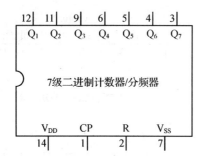

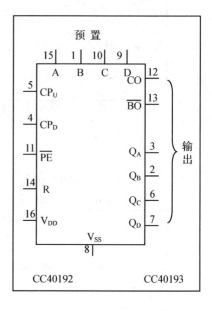

CC40194

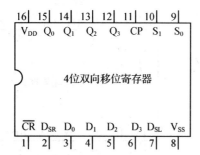

CC7107

CC14433

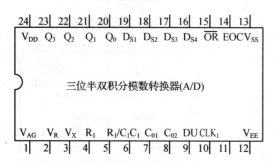

二、CC4500 系列

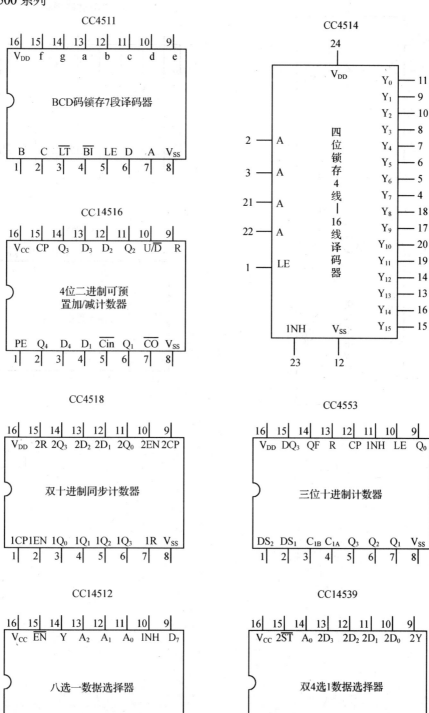

CC4511

16	15	14	13	12	11	10	9
V_{DD}	f	g	a	b	c	d	e

BCD码锁存7段译码器

B	C	$\overline{LT}$	$\overline{BI}$	LE	D	A	V_{SS}
1	2	3	4	5	6	7	8

CC4514

24

V_{DD}

四位锁存4线—16线译码器

2 — A	Y_0 — 11
3 — A	Y_1 — 9
21 — A	Y_2 — 10
22 — A	Y_3 — 8
1 — LE	Y_4 — 7
	Y_5 — 6
	Y_6 — 5
	Y_7 — 4
	Y_8 — 18
	Y_9 — 17
	Y_{10} — 20
	Y_{11} — 19
	Y_{12} — 14
	Y_{13} — 13
	Y_{14} — 16
1NH	V_{SS}	Y_{15} — 15

23　　　12

CC14516

16	15	14	13	12	11	10	9
V_{CC}	CP	Q_3	D_3	D_2	Q_2	$U/\overline{D}$	R

4位二进制可预
置加/减计数器

PE	Q_4	D_4	D_1	$\overline{Cin}$	Q_1	$\overline{CO}$	V_{SS}
1	2	3	4	5	6	7	8

CC4518

16	15	14	13	12	11	10	9
V_{DD}	2R	$2Q_3$	$2D_2$	$2D_1$	$2Q_0$	2EN	2CP

双十进制同步计数器

1CP	1EN	$1Q_0$	$1Q_1$	$1Q_2$	$1Q_3$	1R	V_{SS}
1	2	3	4	5	6	7	8

CC4553

16	15	14	13	12	11	10	9
V_{DD}	DQ_3	QF	R	CP	1NH	LE	Q_0

三位十进制计数器

DS_2	DS_1	C_{1B}	C_{1A}	Q_3	Q_2	Q_1	V_{SS}
1	2	3	4	5	6	7	8

CC14512

16	15	14	13	12	11	10	9
V_{CC}	$\overline{EN}$	Y	A_2	A_1	A_0	1NH	D_7

八选一数据选择器

D_0	D_1	D_2	D_3	D_4	D_5	D_6	V_{SS}
1	2	3	4	5	6	7	8

CC14539

16	15	14	13	12	11	10	9
V_{CC}	$2\overline{ST}$	A_0	$2D_3$	$2D_2$	$2D_1$	$2D_0$	2Y

双4选1数据选择器

$1\overline{ST}$	A_1	$1D_3$	$1D_2$	$1D_1$	$1D_0$	1Y	V_{SS}
1	2	3	4	5	6	7	8

CC3130

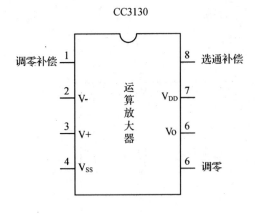

MC1413(ULN2003)
七路NPN达林顿列阵

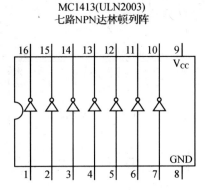

MC1403

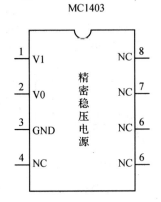

CC4068

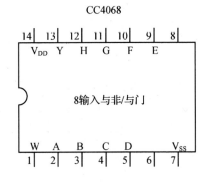